배우의 목소리

당신에게도 대나무 숲이 있나요?

당신에게도 대나무 숲이 있나요?

배우 연지 에세이

마누스
Manus

일러두기

· 본문은 국립국어원의 어문 규범을 우선했지만 일부 표준어가 아닌 단어는 작가의 문체와 개성을 살리기 위해 그대로 두었습니다.

Prologue

◀◀ ❚❚ ▶▶ ▶

아무리 상처 줘 봐라. 내가 포기하나

제 인생에 '어쩌다 보니'라는 것은 드물었습니다. 대체로 '하고 싶어서', '해야 하니까'라는 목적이 필요했죠. 그런데 어쩌다 보니 글을 쓰게 되었는데 '어쩌다 보니' 이렇게 책까지 내게 되었습니다. 새삼 사람 일은 정말 모르는 거구나 싶어요.

이 책에 제가 처음 붙였던 제목은, '아무리 상처 줘 봐라. 내가 포기하나'였습니다. 내가 가려는 길에 태클을 거는 사람들이 너무 많았기 때문이었죠. 그럼에도 저는 10년 가까이 연기를 하며 잘, 버티며, 나아가고 있습니다.

본인만의 목표가 있는 분들, 그 목표를 위해 현재를 버티고 있는 분들, 누군가의 말들에 시작조차 두려워하고 있는 분들에게 저의 글이 공감과 위로가 될 수 있길 바랍니다.

사실 지금, 이 순간이 여우주연상이라도 받은 것마냥 너무 기쁘고 벅찹니다. 벅찬 마음을 조금이라도 가라앉히기 위해 방구석 노트북 앞에 앉아 감사한 분들을 천천히 떠올려 봤습니다.

일단, 늘 선택받아야 하는 직업을 가진 저에게, 이번에는 선택을 해 보라며 역제안을 주셨던 마누스팀, 작은 출판사라며 겸손한 말씀을 하시지만 출판계의 작은 거인이라 생각합니다. 매월 책 판매량에 따라 소외 계층에 기부하는 모습을 보고는 선한 영향력이라는 것은 이런 것이구나 생각했어요. 함께 할 수 있어 행복했습니다. 감사합니다.

지금 책을 펼쳐 이 글을 보고 계시는 모든 분께도 감사의 말씀을 전합니다. 어떤 상황에서, 어떤 모습으로 저의 글과 만나셨는지는 알 수 없지만, 책이라는 문을 통해 열어 놓은 저의 대나무 숲에서 잠시나마 쉬어 가는 시간을 가지시면 좋겠습니다. 모두 감사합니다.

끝으로, 멀리서 늘 응원해 주는 우리 가족들 고맙고, 사랑합니다.

특히 철없는 막내딸의 엄마로 우여곡절 많았던 인생을 꿋꿋하게 살아오시며, 든든한 나의 버팀목이 되어 주신 박정희 여사님께 이 영광을 돌립니다.

2022년 여름, 연지.

CONTENTS

Part 2. Ⅱ 일시정지

Part 3. ▶▶ 10초 건너뛰기

Part 4. ▶ PLAY

Part 1.

뒤로 감기

신인은 아니지만 무명입니다

: 알아봐 준다는 것

알람이 필요 없는 하루다. 이불 속에서 몸을 웅크린 채 달아나 버린 잠을 찾아본다. 이미 멀리 가 버린 졸음은 눈만 말똥말똥 뜨게 한다. 쓸데없이 하루가 길게 생겼다. 일정도 없고 만날 친구도 뭣도 없는데 혼자 노는 것도 못 한다.

'그래, 집안일이나 하자.'

쌓인 수건들을 세탁기에 돌려놓고 분리수거를 하러 1층으로 내려간다.

‘아….’

분리수거 통에서 4캔에 만 원짜리 맥주캔들이 쏟아져 나올 때마다 청소 중이신 관리실 아저씨의 눈길이 괜스레 부담스럽다. 평일 정오쯤, 자다 일어난 몰골로 나와 찌그러진 맥주캔들을 쏟아붓는 젊은 여자를 어떻게 생각할까. 빨리 이 녀석들을 조용히 처리하고 들어가야겠다는 생각뿐이다. 그 생각뿐인데 빈 맥주캔들은 그렇지 않았나 보다. 분리수거함 안으로 쏟아질 때마다 어찌나 찰그락, 챙챙챙, 캥캥, 퉁퉁대는지. 빈 깡통 소리 한번 요란하네, 진짜. 그때 내 그림자가 더 까매지며 들려오는 목소리.

“맞지?”

“네?”

“그, 텔레비전 선전에 ‘딱 좋아’ 아가씨 맞지?”

“아… 네!”

“어쩐지 내가 낯이 익는다 해 가지고 계속 생각을 해 봤는데 딱 12층 아가씨인 거야! 하하하하! 우리 건물에 연예인이 있었구만!”

순간 반사적으로 감지도 않은 머리를 귀 뒤로 넘기고, 눈을 최대한 반달로 뜨며 환하게 웃어 보였다. 마스크를 안 쓰고 있었다면 앞니 8개까지 보여 드렸을 텐데.

그렇게 팬(?)과의 조촐한 만남을 마쳤다. 집으로 올라가는 길엔 가벼워진 분리수거 통과 함께 내 마음도 조금 가뿐해진 느낌이었다. 아니, 사실 많이.

대낮부터 뭐 하는 사람인가 싶겠지만 나는 '배우'다. 누군가 알아봐 주는 것을 좋아하는 걸 봐서 '배우 지망생' 혹은 '신인 배우'인가 싶겠지만, 나는 벌써 8년째 연기를 하고 있는 사람이다. 물론 밖에서 내가 '연기하는 사람'이라는 것을 알아봐 주는 이는 거의 없다. 관리실 아저씨처럼 눈썰미가 좋으시거나 나를 일부러 찾아서 보는 사람이 아니라면 말이다. 내가 무슨 일을 하는지 궁금해하지도 않을 거다. 아, 자주 가는 편의점 사장님이 물으신 적은 있다. 멋쩍게 웃으며 답했었지.

"연기해요."

나 같은 사람을 세상은 '무명'이라 부른다. 그렇다. 나는 '신인'은 아니지만 '무명'이다. 10년 가까이 연기라는 끈을 이어온, 사실 연기의 끈을 놓지 못하고 있는 무명 배우 말이다. 끼도, 재능도, 인맥도, 비빌 언덕도 없어 매번 맨땅에 헤딩을 하며 머리가 동강 날 지경이지만, 포기할 생각은 없다.

"지금 TV에 너 나온다!"

"이번에 맡은 역할 잘 어울리더라!"

숨은그림찾기라도 하듯 나를 미디어에서 보았다며 알려주고 격려해 주는 이들이 있어서.

"넌 끼가 안 보여."

"배우? 네가?"

"시간 낭비하지 마라."

또, 이렇게 절대 하지 못할 거라면서 내 미래를 확신했던 사람들이 있어서.

쉽게도 던진 그 말들이 나의 마음 여기저기를 어찌나 할퀴고 깎아내렸는지. 그 말들이 잠을 자다가도 벌떡 일어나게 만들고, 밥을 먹다가도 가슴 가운데를 얼마나 콱 막히게 만들었는지.

나를 사랑해 주는 이들의 칭찬과 응원보다 나를 비난하고 무시했던 말들이 오히려 더 오래 내 안에 남아 나를 갉아 먹었다.

하지만 그런 모난 말들을 던졌던 이들은 알고 있을까. 그렇게 쉽게 속단하고 평가했던 말로 인해 지금의 나는 더 단단해졌다는 것을. 그들이 주었던 상처들이 여기저기 다양한 자국으로 남은 것을 보여 주며 말해 주고 싶다. 난 괜찮다고. 상처 주셔서 감사하다고. 덕분에 멈추지 않았고 그로 인해 더 강해졌다고.

168cm에 55kg도 뚱뚱하다고 해서요

: 식이 장애가 시작됐다

스물넷의 여름이었다. 인사동의 한 호프집에서 열심히 맥주를 나르고 있었다. 팔다리가 아픈 것도 잊은 지 오래였다. 바쁘게 일을 하다 보니 어느새 밤 10시. 퇴근 시간이 가까워질 때쯤 선배 연기자에게 문자가 왔다.

"일 끝나면 ○○기획사로 올래? 여기 지금 관계자분들 와계셔."

눈도장을 찍을 수 있는 기회다. 이런 기회를 그냥 놓칠 수는 없지. 10시 반 땡! 호프집 사장님께 배꼽 인사를 하는 동시에 앞치마를 푼다. 그제야 냉장고 유리에 반사된 내 차림새를 알아챘다. 검은색 멜빵 점프슈트에 대충 질끈 묶은 머리라니. 이대로는 안 된다. 아무래도 집에 들러야 할 것 같다.

인사동에서 답십리의 집으로 택시를 타고 날아갔다. 집에 도착하자마자 서둘러 머리를 풀고 묶은 자국이 나지 않게 매직기로 펴냈다. 그리고 아껴뒀던 새 원피스를 꺼내 입고, 다리가 가장 길고 예뻐 보인다는 7cm짜리 굽이 박힌 구두에 올라탔다. 다시 답십리에서 논현동으로 가기 위해 택시를 탄다. 오늘 알바비 중, 약 2시간 30분짜리 시급을 써버렸다. 돈 벌기는 어려워도 쓰는 건 이렇게 쉽다. 하지만 뭐 상관없다. 이러려고 돈 버는 건데.

시급을 몰빵(?)해 도착한 한 연예 기획사. 그 회사 대문은 정말이지 두꺼운 강철 같았다. 뭔지 모를 위압감이 들 정도로. 강철 같았던 문은 가까이 가서 보니 살짝 열려 있었다. 그리고 그 사이로 간간이 사람들의 대화 소리가 들려왔다. 그 소리들이 들리자 부쩍 더 긴장이 됐다. 나는 위압감과 긴장감을 떨쳐 내려고 숨을 깊게 들이마셨다가 내쉬며 정신을 단단히 붙잡았다.

문을 빼꼼히 밀어 보니 회사 마당이었는데, 거기에는 긴 직사각형 모양의 탁자가 놓여 있었고, 탁자 위에는 각종 술과 담배가 무질서하게 즐비해 있었다. 목을 살짝 가다듬고 발을 들였다.

"안녕하세요!"

내 인사는 곧 그들의 대화 소리에 묻혔다. 아이고, 민망해라, 하하. 하지만 괜찮다. 이럴 땐 그냥 눈치껏 자리를 찾아 앉고 다음 기회를 기다리면 된다. 민망함에 선배 연기자가 마련해 준 의자에 앉아 괜히 방긋방긋 웃어 본다. 소속사 대표, 매니저, 캐스팅 디렉터 등 7~8명의 사람들이 빙 둘러앉아 있었다. 입꼬리를 올리고 한껏 집중하는 표정을 짓는다. 들어도 모르는 그들만의 이야기에 그저 따라 웃고 따라 표정 지으며 분위기를 맞춰 본다. 그때였다.

"어머, 저 팔뚝 봐. 원피스 터질 것 같아."

그 시끌시끌한 분위기 속에서 저 말이 하필 내 귀에 정확히 와서 들렸을까. 설마 내 이야기인 것 같아서? 나는 숨을 죽이고 다시 귀를 기울였다.

"저 얼굴형으로 TV에 나오겠다고?"

"허벅지 좀 보라고. 코끼리야? 구두 부서지겠어."

구두 얘기가 나오자 비로소 나는, 지금 들려오는 저 가혹

하고 잔인한 말이 나를 향한 것임을 확신할 수 있었다. 나도 모르게 소리가 들려오는 곳으로 눈을 돌렸다. 맞은편 왼쪽에 앉아 있던 한 캐스팅 디렉터가 나를 보며 옆 사람에게 하는 말이었다. 담배를 입에 문 채, 한심하다는 듯 위아래로 훑겨보는 시선에 나도 모르게 눈을 피해 버렸다. 직접적으로 나에게 '건네주신' 말이 아니라서 살을 빼겠다는 다짐의 말을 전할 수도 없이, 처음 들어 보는 원색적인 비난에 내 표정은 굳어져 갔다. 시선은 아래로 떨어졌고 발은 모아졌으며 다리에는 힘이 들어갔다. 얼굴이 불쑥 뜨거워졌다. 캐스팅 디렉터의 말에 일순간 그곳의 공기가 바뀐 듯했다. 이번엔 말 한마디 들려오지 않아도 알 것 같았다. 그들이 어떤 눈을 하고 있길래 이런 분위기가 나를 무섭게 감싸오는지. 갑자기 각자의 이야기를 멈추고 모두 나를 바라보는 것만 같았다.

'기껏 한번 봐주려고 불렀더니 이런 꼴이야?'

라는 듯이. '준비되지 않은 신인 여자 배우 지망생'으로. 그들의 관심을 바라며 간 곳이지만 이런 식을 원한 건 아니었다. 캐스팅 디렉터가 쏘아 올린 작은 공으로 스포트라이트를 받게 된 나는 시선 둘 곳도 찾지 못한 채 어쩔 줄 몰랐다. 급기야 이런 질문까지도 날아들었다.

"몇 kg이야? 설마 50kg 넘는 건 아니지?"

"설마. 크크큭."

나의 체중을 두고 그들은 각자의 방식대로 놀라는가 싶더니 기어이 웃음을 터뜨렸다. 그곳에서 나만 웃지 못하고 있었다. 아닌가, 나도 따라 애써 웃었던가…. 내 얼굴 위로 내려앉은 일그러진 웃음을 사람들은 눈치챘겠지. 그곳에 있는 이들은 모두 나와 같이 눈 두 개, 코 하나, 입 하나에 한국말을 쓰고 있는데, 나 홀로 다른 행성에 와 있는 느낌이었다. 그 시간을 어떻게 견뎠는지 모르겠다.

견디기 힘들었던 시간은 어떻게든 또 흘러가 있었다. 어느새 하나둘 일어서는 분위기가 되자 나도 따라 일어났다. 코끼리 같다는 다리는 최대한 가방으로 가린 채, 한 분 한 분 인사를 드리며 나왔다.

지하철은 이미 끊긴 지 오래였다. 내 마음을 겨우 묶어 놓은 줄이 다 해져서 얇디얇은 실오라기 하나만 남아 간신히 버티고 있는 것 같았다. 그마저도 조금만 더 걸었다가는 톡, 하고 끊어져 버릴 것 같아서 얼른 택시를 잡아탔다. 우리 동네 이름을 말하려는데 실오라기가 간당간당했다. 한마디만 더 뱉으면 속에 들어있던 그 어떤 것이라도 금방 목까지 치고 올라와 다 토해 버릴 것 같았다. 먹은 것도 없었는데….

나는 목에 힘을 주고 겨우 소리를 냈다.

"아저씨…. 빨,리… 가 주세요."

빨리 가 달라는 말을 용케도 했다. 택시 기사님이 보시기에 내가 얼마나 아슬아슬했을까. 마치 나올 것 같은 토를 애써 참고 있는 사람처럼.

택시는 어느새 좁은 골목길 앞에 세워졌고 나 또한 그 깜깜하고 좁은 골목길 앞에 세워졌다. 평소라면 발걸음을 재촉했을 늦은 밤 골목길의 어둠도, 앙칼진 고양이들의 울음소리도 무섭지 않았다. 내 다리가 진짜 코끼리 다리라도 돼 버린 건지 너무 무겁고 버겁기만 했다. 어떻게 집까지 걸었는지 모르겠지만 어찌 됐든 집 앞까지 도착을 했다. 천천히 현관문 비밀번호를 누르고 방에 불을 켠 다음, 부서질 것 같다는 구두를 차분히 벗었다. 구두를 벗은 발이 방바닥에 닿는 순간, 마음속 실오라기가 톡하고 끊어지는 소리가 들리는 듯했다. 그제야 침대로 달려가 이불을 뒤집어쓴 채 끅끅 울었다. 어차피 혼자 사는데 크게나 울지.

다음날부터 나는 음식을 '제대로' 먹지 않았다. 마지막까지 버티고 있던 실오라기 하나가 끊어져 버리자 내 안에 묶여 있던 잘못된 것들이 쏟아져 나와 버린 것이다. 나는 폭식과 절식을 반복했다. 그날의 모욕감을 떠올리며 하루를 김밥 한 줄로 버티다가 정신을 놓으면 온갖 음식을 사 왔다. 떡볶이, 비스킷, 피자, 국밥 등등. 어울리지 않는 음식 종류들을 갖가지로 펼쳐 놓고 혼자만의 시간을 가졌다. 먹는다는 건, 음식을 입에 넣고 치아로 잘근잘근 씹어 잘게 부순 다음 삼키는 일이다. 그래야 소화 흡수가 잘 되어 내 몸에 에너지를 충전해 줄 테니까.

그런데 나에게 '먹는다'라는 건, 걸신이라도 들린 것마냥 그저 '입에 집어넣는 어떤 행위'였다. 몇 번 씹지도 않고 삼켜 버린 폭식 후의 배부름은 심각한 현타를 제공했고, 뒤이어 나를 덮쳐 누르는 자괴감은 이루 말할 수 없었다. 그 자괴감은 '씹뱉(씹고 뱉다)'이라는 행위로 이어졌다. 음식을 입에 넣고 씹은 후 검은 비닐봉지에 뱉어 버렸다. 누가 알려준 것도 아니었다. 그런데도 그 잘못된 다이어트 방법을 스스로 찾아 하고 있었다. 이것이 '식이 장애'라는 것도 인지하지 못한 채, 그들이 말했던 40kg대 체중에 집착했다. 매일 오전 공복에 체중을 측정하고 먹은 음식과 시간을 기록하며 강박적인 행동을 했다. 그날의 체중에 따라 그날의 내 기분이 정해졌다. 탈모는 없었지만, 흰머리가 생기기 시작했고 빈혈과 생리 불순으로 생기를 잃어갔다. 먹지 않으니, 좀 더 정확히 말하면 삼키지 않으니 확실히 체중은 줄어들었다. 그리고 드디어 그들이 말한 체중에 도달했다. 그런데 이 기분은 뭘까. 마냥 기쁘지만은 않았다. 온몸에 힘이 없고 하루 종일 음식 생각만 들었으니까.

자, 이제 그때의 식이 장애는 고쳐졌는지 걱정해 주신다면, 괜찮다. 지금은 체중만 체크할 뿐 폭식 혹은 씹고 뱉거나 먹은 음식 등을 기록해야만 하는 강박적인 행동은 하지 않는다. 스스로에게 경종을 울릴만한 일이 터졌기 때문이다.

그날도 검은 비닐봉지를 준비해 두고 김밥 한 줄을 사러 나갔다. 몇 개 안 되는 계단을 내려오자마자 그대로 주저앉아 버렸다. 강렬한 여름 햇빛 때문이었는지 무엇 때문이었는지 그대로 한참을 있었다. 그 길로 김밥집이 아닌 내과로 향했고, 내가 한 행동들이 식이 장애였다는 것을 알게 되었다. 날씬한데 왜 그러냐는 의사 선생님의 말씀보다 씹고 뱉는 행위나 폭식과 절식이 침샘을 비대하게 만들어 얼굴을 크고 못생기게 만든다는 얘기에, 그런 행위는 그만두게 되었다. 참 우습게도 말이다.

물론 그 후로도 체중 감량에 대한 노력은 계속되었다. 식욕 억제제를 먹어보기도 했고 다양한 다이어트 보조제에 의존해 보기도 했으며 하루 3시간씩 운동해 보기도 했다. 결과는 처참했다. 식욕 억제제는 요요라는 결과를 만들어 내며 인생 최대 몸무게를 찍게 해 주었으며, 다이어트 보조제를 먹어 보기도 했지만, 지금까지 먹고 있지 않는 것으로 보아 그것 또한 효과가 거의 없었다고 말할 수 있겠다. 다이어트의 정석이라는 운동도 '갑자기', '과하게' 해 버리면 무릎에 물이 차기도 한다는 것을 경험하기도 했다. 결국 과하고, 극단적이고, 무조건 빠르게만 한 체중 감량은 몸에 무리를 준다는 것을 깨달았다.

그렇게 단시간에 10kg이 넘는 체중을 넘나든 후에야 몸과 마음이 함께 편한 '세트 포인트 체중(내 몸과 뇌가 기억하는 체중으로 감량 후 1년 이상 유지했을 때의 체중)'을 찾았다. 여러 가지 다이어트를 시도해 본 만큼 할 말도 참 많다. 하지만 결론은 누구나 알고 있는 규칙적인 식사와 적절한 식사량,

그리고 꾸준한 운동만이 답이었다. 이 답을 내기 위해 나는, 나의 몸과 마음을 많이도 혹사시켰다. 문제는 나에게 있다고 할 수 있지만 그날의 그 비난이 나를 이 지경까지 몰아붙인 원인 중 하나라는 것을 무시할 수는 없다.

'비판'과 '비난'은 다르다. 객관적으로 받아들일 수 있는 지적은 '비판'이라고 생각할 수 있다. 하지만 일방적으로 부정적인 말들을 쏟아내는 것은 비난에 가깝다. 그날 무방비 상태에서 연속 총격을 맞은 것 같던 경험을 선사해 준 그분께 진심으로 감.사.하다고 전하고 싶다. 적어도 그 이후 어디 가서 체중에 대해 이러쿵저러쿵 이야기를 듣지는 않으니까. 또, 이 말을 하고 싶다. 168cm에 55kg은 날씬한 체형이다. 그리고 배우를 할 수 있는 키와 몸무게가 정해진 것도 아니다. 모든 여자 배우들이 50kg도 안 되는 체중을 가져야 한다고 생각하지 않는다. 모든 남자 배우들이 180cm가 넘는 키를 가져야만 한다고 생각하지도 않는다. 몸매가 평범한 사람, 날씬한 사람, 통통한 사람 등 다양한 캐릭터를 소화하는 직업답게 다양한 체형과 외모의 배우가 필요한 것이 당연하다.

이 문제는 사회적으로도 영향을 준다. 미디어를 보는 시청자, 특히 어린 친구들에게 말이다. 10살이 된 조카의 입에서 다이어트라는 단어가 나왔을 때 어디서부터 잘못된 것인가라는 생각을 했다. 마른 연예인이 나오는 것과 더불어, 예능 프로그램에서 연예인들의 몸매를 비교하거나 체중을 측정하며 개그의 요소로 사용하는 경우가 제법 있다. 그 결과, 사람들은 어떤 자세에도 삐져나오는 군살 없는 연예인의 몸을 기준 삼아 다이어트를 한다. 이러한 미디어의 영향은 아무런 문제 없는 본인의 몸에서 단점을 찾아내고 의미 없는 '비교'를 하게 만든다. 정말 쓸데없이.

생각해 보면 우리나라만큼 마른 몸매에 집착하는 곳도 없는 것 같다. 작은 두상에 마른 몸. '자기 관리=다이어트'라는 공식이 있는 것마냥 누군가가 일방적으로 정해 버린 기준에 맞지 않는 체형을 가진 사람의 앞날을 쉬이 걱정해 준다. 건강을 해치지 않는 선에서, 본인의 체중은 본인이 관리하는 것이 맞지 않을까.

조언이 아닌 상처가 될 소리인 줄 알면서도 굳이 굳이 내뱉는 '오지라퍼'들의 자기 관리가 필요한 때이다.

일주일에 한 번 만나면 1년에 네 작품 하게 해 줄게

: 나를 상처 입힌 말들

크리스마스이브였다. 그날 눈이 왔었는지 비가 왔었는지 기억나지 않는다. 다만 갑작스럽게 불려 나간 자리에는 연기를 하는 지인과 한 남자 관계자가 있었다. 어느 정도 시간이 지나자 지인은 어느샌가 사라져 버리고, 마치 사전에 그들끼리 입이라도 맞춰 둔 듯 나와 그 남자 관계자만 남겨졌다. 나만 어색하고 그는 여유로운 분위기. 그는 세상 느긋하게 술을 마시다 이런 제안을 했다.

"일주일에 한 번 정도 만나면 1년에 네 작품 하게 해 줄게."

지금이라면 이렇게 반문했을 거다. 정확히 몇 번, 몇 시간 동안, 당신과 무엇을 하면, 어떤 급의 작품의 어떤 역할을 하게 해 줄 수 있냐고. 하지만 나는 그 당시 어리바리했고, 소개해 주신 분을 생각한다는 명목으로 그러지 못했다. 나를 위해 힘들게 만든 자리라고 생각했으므로. 아니 사실 그런 생각할 겨를도 없이 무서웠다. 뭐가 뭔지는 모르겠지만 그냥 모르는 게 나을 것 같았다.

미투가 터지기 전이었던 그 당시엔 이 일 말고도 다양한 사람들에게 다채로운 성희롱 발언을 들었고 '큰일' 날 뻔한 일도 있었다. 뒤태를 본다며 화장실에 가 보라든지, 악수하는데 손바닥에 손가락 장난을 친다든지 하는 건 예삿일이었다. 오히려 이렇게 말로 먼저 제안을 준 것은 어떤 의미로는 젠틀(?)한 것이었다.

같은 지인에게 비슷한 방식으로 다른 남자 관계자를 소개 받은 적이 있다. 남자로서 말이다. 내 스타일이 아니었기에 거절했다. 그러자 그 지인은 내가 너무나 큰 기회를 놓친 거라며 책망했다.

"너 위해서 힘들게 마련했던 자리야. 여자 친구 되면 일도 따다 줄 거고 너 함부로 건들 사람도 없고 얼마나 좋니? 몇 번 더 만나 보지 괜히 나만 곤란해졌어. 아, 물론, 선택은 네가 하는 건데, 너무 아까워서 그래. 난 참 아깝다."

아니다. 나는 선택을 종용 받았다. 내게 과연 선택권이 있었을까. 선택권이 있었다면 나에게 이 사람은 왜 이런 말을 하는 거지. 그때까지도 나는 그를 원망하지 않았다. 늘 내 마음을 다 털어놓았던 비밀 일기장 같은 사람이었기에. 그런 사람에게 미움받고 싶지 않아서, 멀어지고 싶지 않아서. 그런데 요즘은 이것을 가스라이팅이라고 하더라. 하지만 그때의 나는 이게 가스라이팅인지 뭔지도 모른 채 그냥 무심하게 넘겼다.

'나 잘되라고 그러는 거겠지, 무슨 이유가 있겠어….'

그러나 모든 일에는 이유가 있었다. 나는 그의 수단이었다. 그들과의 유대감을 쌓기 위해 나를 이용한 거였다. 믿었던 사람, 마음을 준 사람에게 받은 상처는 더 깊게 남기 마련이다. 꿈에 대한 간절함을 이용하는 사람, 그 행위를 도와주는 사람, 진부한 말이지만 참 나쁘다.

이번 글은 쓰다 멈추고 지우고 떠올리고를 한참 반복했다. 이런 글을 써도 될지도 고민이 됐다. 정말 깊숙이 넣어놓았던 마음속 상자를 용기 내어 꺼내서 들여다보는 시간이었다. 이제는 억지로 외면하지 않겠다.

둘러보자. 지금 내 주변을. 그리고 도망가자. 약한 부분을 자꾸만 건드리는 사람에게서.

누군가 나의 약한 부분을 건드릴 때마다 시뻘건 피가 날 정도로 상처가 난 것 같았다. 그때마다 나는 마음속에 숨겨두었던 '오기'와 '근성'이라는 빨간약을 꺼내 그 상처 위에 발랐다. 상처가 아물 때쯤 또다시 상처받으면 그 위에 또 빨간약을 덧발랐다. 그렇게 그 상처 위에는 겨우 딱지가 앉았다. 나는 아직 상처 위에 생긴 연약한 딱지가 간질간질하다.

10초의 박수가 10년을 버티게 하다

: 연기의 시작

"언제부터 배우를 꿈꿨나요?"

"왜 배우가 되고 싶었나요?"

종종 이런 질문을 받는다.

'그냥 하고 싶어서 한 건데….'

라고 말할 순 없으니,

"어렸을 때부터 관심이 있었고, 연기를 하면서 다양한 나를 만나는 작업이 즐겁습니다!"

라는 형식적인 대답을 한다. 그런데 잠깐, 나도 정말 궁금하다. 왜 이렇게 '배우'라는 직업에, '연기'라는 일에 집착하는지. 머릿속 인생 뒤로 감기 버튼을 한참 지그시 누르다 한 장면에서 멈춘다.

초등학교 5학년, 그러니까 열두 살 때다. 무슨 수업 시간이었는지는 기억나지 않는다. 학교는 급식 먹으러 가는 곳이었고, 책상에 엎드려 자느라 늘 소화 불량에 방귀만 뻥뻥 뀌었다(다행히 키가 커 맨 뒷자리에 앉았다).

점심시간이 지난 오후 수업 시간이었을 것이다. 과목은 기억나지 않는다. 다만 드라마 명장면을 따라 하는 조별 수업이었고, 당시 저녁마다 요일별 드라마 챙겨 보기가 일과였던 나는 눈곱을 떼며 일어났다. 혹시, 「회전목마」라는 드라마를 아시는가? 배우 장서희와 수애가 출연했던 작품으로, 어린 시절 부모를 잃고 힘든 홀로서기를 해야 하지만, 그에 굴하지 않고 자신의 앞길을 개척해 나가는 언니와 운명에 순응하는 동생의 대조적인 인생살이를 보여 주는 내용의 드라마다. 드라마 광이었던 나는 당연히 시청하고 있는 작품이었다.

한 반의 인원이 40명 정도 되었던 그때, 5명씩 8조로 나누었다. 그리고 책상으로 원을 만들어 가운데 무대를 만들었다. 나는 언니, 장서희 역할의 '은교'역을 맡았다. 동생인 '진교'에게 화를 내고 뺨까지 때리는 극단적인 장면이었던 걸로 기억한다. TV 속 주인공을 보기만 하는 입장이었는데, 내가 그 주인공이 된다니. 늘 40분 수업이 길기만 했는데, 그날은 초롱초롱한 눈으로 교실을 지켰다. 다른 조 친구들이 연기하는 것을 보는 것도 신기하고 재밌었다. 그리고 드디어, 우리 조의 차례가 되었다.

책상과 의자를 넘어 동그란 무대에 섰다. 연습한 대로 '연기'라는 것을, 대사라는 것을 해 봤다. 그런데, 신기한 경험을 했다. 나를 보는 주변 친구들이 느껴지지 않는 것이다. 마치 대사를 주고받는 상대 배역 친구와 나만 있는 듯한 느낌. 지금까지의 '나'는 사라지고 극 중 상황 속 '은교'로서의 '나'만 존재하는 느낌. 그렇게 다른 세상에 있는 것 같았던 첫 연기를 마쳤다.

약간의 정적 후 갑자기 큰 박수 소리가 들렸다. 친구들과 선생님이 환한 얼굴로 박수를 보내고 있었다. 나에게만 크게 느껴졌을 수도 있다. 배시시 웃음이 나왔다. 기분이 어리둥절하면서도 좋았고, 내 안에서 무언가가 쑤욱 튀어나와 어디론가 훅 날아간 느낌이었다. 속이 후련했다. 그날, 조별 평가 1위는 우리 조였고 어깨는 더 으쓱해졌다. 쉬는 시간까지 친구들은 나에게로 와 재밌었다는 둥 잘한다는 둥 난생처음 들어 보는 말들을 전했다. 내심 기분이 좋았고 아무도 시키지 않았지만 집에 가서 몇 번 더 해 보는 복습의 과정까지 거쳤다. 돌이켜보면 그 수업 시간이, 그 10초의 박수가, 시작이었다.

스물두 살, 대학로 소극장에서 연극을 했다. 핀 조명을 받거나 잠시 암막이 유지될 때, 무대로 나가기 직전 커튼 사이로 집중하는 관객들을 볼 때면 기분 좋은 긴장감이 나를 깨웠다. 온전히, 충만하게 살아 숨 쉬고 있다는 느낌에 몸에 전율이 흘렀다. 마지막으로 울컥하는 순간은 역시 커튼콜이었다. 뜨거운 박수를 받으며 관객들에게 인사를 할 때, 다른 배우들과 손을 맞잡고 허리를 90도로 굽혀 인사할 땐 눈물이 핑 돌 정도였다. 진정 살아 있다는 느낌, 잘하고 있다는 느낌, 누군가의 마음을 조금이라도 움직였다는 느낌에서 나온 감정이었다.

칭찬은 고래도 춤추게 한다는 유명한 말이 있다. 나는 칭찬을 들으면 너무나도 춤을 잘 추는 고래였으며, 그로 인해 숱한 채찍질까지 잘 견뎌냈다. 이제는 언제부터, 왜 배우를 꿈꾸게 되었냐는 질문에 아주 명확히 답할 수 있겠다.

"열두 살, 수업 시간에 연기를 하고 10초의 박수를 받은 덕에 지금까지 연기를 하고 있습니다."

무명의 시간이 길어질수록 배우로서 이뤄야 할 목표에 대한 생각만 컸지, '언제부터, 왜 나는 이것을 하고 싶어 했는가'라는 생각은 접어 두었었다. 이제는 중요하지 않다고 생각했기 때문이었다. 그렇지만, 그 시작이 있어 지금의 내가 있고 앞으로의 내가 가는 방향도 달라질 수 있다. 아무것도 모르던 때, 그저 좋아서 시작했던 때를 떠올려 보면 마음이 말랑말랑해진다.

궁금하다. 이 글을 보고 있는 분들의 어떤 이유. 언제부터, 왜 '그 일'을 하고 싶어 했고, '그 신념'을 지키게 되었는지 말이다. 나는 그것에 10초의 뜨거운 박수를 보낸다.

무교니까 용서를 바라지 마세요
: 그해 추석의 마지막 씬

"재 언제까지 서울에 저렇게 두실 거예요? 제가 아는 연예계 관계자한테 사진 보여 줬더니 얼굴에 끼가 없대요. 그쪽 사람들은 사진만 봐도 그냥 다 알아요."

추석 당일, 온 가족이 모여 있는 자리였다. 화목한 분위기 속 취기 있는 상태에서 갑자기 '프레임 인(frame in - 인물이 화면 밖에서 안으로 들어오는 것)'해 연기인지 실제인지 모를 실력으로 '단독 샷'을 가져가 버린 첫째 형부. 그의 공격적인 대사에 각종 애드리브로 받아치며 그날의 마지막 씬이 '나의 앞날'로 집중되지 않고 무사히, 화목하게 "Cut! Okay!!" 되길 바랐다. 하지만 그의 캐릭터는 예상보다 아주 많이 얄미웠다. 본인은 나에게 힘이 돼 줄 수 있는데, 내가 끼가 없어서 못 띄워 준다는 허세의 반복에 감정은 절정 직전으로 치솟았다. 싸해진 분위기 속, 엄마가 조심스레 입을 열었다.

"그 관계자란 사람이 그래?"

장수생 자식의 불합격 소식을 재확인하듯 물어보는 엄마의 모습에, 나는 빙의되듯 눈이 뒤집혀 버렸다. 기어이 절정에 도달해 버린 것이다. 속에서부터 끓어 나오는 우렁찬 목소리로 평소의 발성 연습량을 대변하고야 말았다. 그렇게 폭발적인 에너지를 쏟아붓고 나서야 나는 그 사람을 프레임 아웃 시킬 수 있었다.

내가 화가 나고 억울했던 건 갑자기 동네북이 돼서도, 관계자에게 진짜로 그런 평가를 들었을까 봐서도 아니었다. 부모님의 그늘져 버린 얼굴과, 그날 밤 첫째 언니의 '널 볼 면목이 없다'라는 문자 때문이었다. 그러고 보니 누군가에게 '면목 없다'라는 말은 처음 들어 봤다. 다음날 진정 면목이 없어야 할 사람은 "기억나지 않는다"를 시전하며 마지못해 사과를 했고, 얼마 지나지 않아 '형부였었던' 사람이 되었다(그날 일로 인해서는 아니다).

가끔 생각해 본다. 용서라는 것을. 지난 일이고 상대가 사과를 했다면, 기꺼이 진심으로 용서를 해 주어야 하는 걸까? 어디서 들은 말처럼, 용서는 진정 나를 위한 것일까? 그냥 그 순간을 잊고 싶어서 용시해 보자고 노력을 할 순 있다. 하지만 아직도 용서할 수 없는 상황들이, 사람들이 있다. 일곱 살의 내가 보는 앞에서 부엌 가위를 들고 엄마에게 달려들었던 아빠. 늘 긴장의 끈을 놓지 못했던 대학로 신인이었던 내게 부모 사랑을 못 받은 애 같다며 대놓고 미워했던 연출. 23년이 지난 지금도 부엌 가위를 볼 때마다 문득, 대학로에 연극 보러 갈 때도 눈득. 그렇게 기억이라는 것은 종종 나를 어두운 어딘가로 끌어당긴다.

엄마를 위협하며 괴롭히고 나서 아빠는 우리 네 자매를 앉혀놓고 '거의, 늘' 미안하다고 했다. 아빠는 미안하다는 말을 잘했다. 다음날엔 엄마에게도 미안하다고 했고, 사소한 일에도 장난스럽게 미안하다는 말을 아주 잘했다. 엄마는 그 미안하다는 말이 정말 싫다고 했다. 애초에 미안할 짓을 하지 않았으면 좋겠다며. 나도 그렇게 생각한다. 그렇게 가벼운 입버릇처럼 내뱉을 만한 무게의 말이 아니니까. 그 한없는 가벼움에 상처는 아물지도 못하니까.

하지만 받을 건 받아야 하므로, **사과는 일단 받는데 용서까진 바라지 마시라.**

너 예쁜 편 아니야
: 알고 있지만

한 영화감독과 마주하는 술자리였다. 살갑게 비위를 잘 맞추지도, 잔이 비워지면 재빨리 채우지도 못하던 내게 감독은 말했다.

“너 예쁜 편 아니야, 알지? 예쁜 애들은 줄을 섰어.”

내가 언제 내 입으로 예쁘다고 했나, 예쁜 척을 했나, 속으로 욕했지만 주제 파악은 제대로 하고 있다는 듯 눈은 내리깔고 어금니는 꾹 문 채 최대한 착한 목소리로 답했다.

“네, 알고 있습니다.”

진심이었다. 이 구역에는 다채롭게 예쁘고 잘생긴 사람들이 참 많다. 예쁜 애 옆에 예쁜 애, 잘생긴 애 옆에 잘생긴 애. 그러므로 외모로 승부를 볼 생각은 없었다. 그렇다고 술자리에서 승부를 볼 생각도 없었다.

한 소속사 대표는 면전에서 내 얼굴을 찬찬히 뜯어보며 이렇게 말했다.

"넌 이마가 너무 높고, 코는 낮아. 근데 광대는 너무 발달했어."

안타깝게도 이 말은 나에게 큰 타격을 입히지 못했다. 직접적인 외모에 대한 평가가 익숙해진 지 오래였다. 다만, 화장실에서 옆모습을 확인하는 시간이 길어졌을 뿐이다. 다행인지 뭔지 이 사람들을 만나기 전, 코 성형 상담을 받으러 성형외과에 방문한 적이 있다. 눈이 큰 편인 내게 의사는 말했다.

"코를 높이면 눈과 코가 함께 강조되어 과해 보일 수 있어요."

사실 돈도 없었고 상담 목적으로 간 거라 의사의 말이 고마웠다. 그렇게 낮은 코로 10년 가까이 연기를 하고 있다. 사실 여전히 나는 어느 각도에서나 완벽한 얼굴을 보면 부럽다. 화면에 얼굴이 어떻게 나오는지 신경 안 쓰고 연기할 수 있다면 행복할 것 같다는 생각까지 한다.

하지만 일부 관계자들의 틀에 박힌 사고방식에는 의구심이 든다. 왜 모든 배우가 예쁘고 잘 생겨야 할까. 왜 꼭 얼굴은 작고 눈은 또렷하며 코는 오뚝해야 할까. 시청자들이 그런 얼굴이 편안하다고, 그런 얼굴만 보여 달라고 한 것도 아닐 텐데 말이다. 그들의 입맛에 따라 성형을 강행했다면, 지금 내 얼굴은 사람의 얼굴이 아닐지도 모른다. '체형'과 비슷한 맥락으로, 캐릭터마다 생김새가 다르기 때문에 배우의 얼굴도 모두 다르게 생긴 게 정상이다. 우리 주변에는 유독 얼굴이 큰 사람도 있고, 피부가 매끄럽지 않은 사람도 있으며, 덧니가 있는 사람도 있다. '우리 주변 사람들'을 연기하는 것이 배우 아니던가.

또, 미에도 트렌드라는 것이 있다. 예전에는 큼직큼직한 이목구비가 미의 기준이었다면, 요즘은 오밀조밀 수수한 듯 예쁜 얼굴이 트렌드라고 한다. 그 트렌드에 맞춰 성형외과도 쌍꺼풀의 진하기를 조절하거나 동안으로 보일 수 있는 시술 등을 강조한다. 그렇다면 시대의 흐름에 맞춰 그때그때 얼굴을 고쳐야 하는 것인가.

내 얼굴은 결국 내가 책임져야 한다. 사실 나는 외모에 콤플렉스가 굉장히 심했고 지금도 내 외모를 완벽히 사랑한다고 말할 순 없다. 오랜 시간 끝에 인정하고 사랑하려 하는 중이다. 세 보인다, 강하게 생겼다 혹은 도도해 보인다는 말을 숱하게 들어왔다. 그에 따라 맡는 배역에도 어느 정도 한계가 있었다. 청순가련, 상큼발랄한 캐릭터에는 내가 봐도 어울리지 않으니 말이다. 강하거나 화려해 보이는 혹은 악한 역할에 많이 캐스팅이 되어 왔다. 그래서 메이크업에 따라 달라지는 도화지 같은 얼굴을 얼마나 부러워했는지 모른다. 그렇지만 이것이 '나'라는 사람의 개성이고(사실 이목구비 배치는 어쩔 수 없음), 나만이 할 수 있는 독보적인 캐릭터가 될 수 있다는 생각으로 마음을 내려놓았다. 덕분에 악역, 무섭거나 강한 캐릭터에는 그만큼 자신이 생겼다.

오늘도 거울을 본다. 내 왼쪽 눈가에 깊이 파인 세 줄의 주름이 보인다. 환하게 웃음 지어 세 줄의 주름을 한 줄로 만들어 본다. 여기에 보톡스를 맞은 적도, 맞을 생각도 없다. 내가 활짝 웃었거나, 웃는 연기를 했다는 증거니까. 나처럼 누군가에게 나를 보여 주는 직업을 가진 사람에게도, 옆에 있다는 이유로 가깝다고 여기는 사람에게도 **외모에 대한 말**

은 신중하게 했으면 한다. 표정, 주름 하나에도 그 사람의 삶과 생각이 담겨 있을 수 있으므로.

뭘 보내라고요? 무지개가 뭐?

: 다채로운 헛소리

거의 모든 배우들이 아는 오디션 정보 사이트가 있다. 그 사이트에는 보통 영화, 웹드라마, 광고 등의 오디션 정보가 올라온다. 나처럼 소속사나 매니저 없이 활동하는 배우들에게는 매우 유용하지만, 딱 하나 아쉽고 조심해야 할 부분이 있다. 바로 이 사이트에는 누구나 구인 글을 쓸 수 있다는 점이다. 그러니까 다시 말하자면, 검증되지 않은 사람도 배우를 구할 수 있다는 말이다.

여느 때와 같이 이 사이트에 접속해 지원할 곳이 있는지 살펴보고 있었다. 어느 장편 영화의 오디션 공고란에서 마우스를 움직이는 손이 멈췄다. 영화제 출품 예정작인 스릴러 영화에서 여주인공을 찾는다는 내용이었다. 두근두근두근. 지체 없이 메일로 프로필을 보냈다. 얼마 지나지 않아 전화가 왔다. 1차 서류 프로필에 합격하였으니 오디션 겸 미팅하자는 연락이었다. 시나리오도 미리 보내 주셨다. 어우, 시나리오 괜찮다! 물론 시나리오를 보는 눈이 아직은 없지만, 정말 하고 싶었다.

어느 카페에서 미팅을 했다. 한 남자가 점잖게 자신을 소개했다.

"저는 영화감독이자, 시나리오 작가이기도 합니다. 시나리오 받고 어떠셨어요?"

나는 시나리오를 읽으며 느꼈던 점을 하나하나 이야기하며 대화를 이어 갔다. 시나리오에 대해서만 1시간가량 얘기한 것 같다. 제대로 된 영화 작업을 하고 있는 것 같았다. 하지만 이제, 그 감독이란 사람의 명대사가 터져 나온다.

"저는 배우의 모든 것을 알아야 한다고 생각해요. 자위해 봤어요?"

순간 귀를 의심했다. 그리고 빠르게 주위를 둘러봤다.

"네?"

"자위하는 영상을 보내 줘요."

너무나 당당하게 말하는 그 감독이라는 사기꾼(새끼)의 말에 나는 얼음처럼 굳었다. 내가 미친놈과 한 시간 넘게 얘기하고 있었구나. 내 얼굴에 침 뱉기 하는 것 같아 어디 가서 말도 못 했던 이야기다.

비슷하게 다른 경우도 있었다. 저 명대사를 날린 감독이란 작자의 케이스가 '당당형'이라면, 이번 케이스는 '농담형'이다. 책을 여러 권 썼다는 40대 중반의 어떤 저자가 새로 나올 책의 표지 주인공을 찾는다는 오디션 공고를 보고 지원했다. 그 사람은 초록창에 검색하면 나오기도 해서 크게 의심하지 않았다. 몇 번의 업무 관련 미팅을 하고 그분이 밥을 사주신다길래 저녁을 먹고 헤어지기로 했다. 식당에 들어가 자리에 앉아 음식이 나오기를 기다리는 중이었다. 갑자기 40대 저자가 뜬금없이 이런 말을 했다.

"제가 퀴즈 하나 내 볼게요, 맞춰 봐요. 무지개 자매가 있어요, 첫째는 빨지, 둘째는 주지, 셋째는 노지… 그럼 막내의 이름은 뭘까요?"

별생각 없이 그가 원하는 대답을 해 버렸다. 그는 어금니에 씌운 금니 두 개가 훤히 보일 정도로 크게 웃었다.

"여배우 입에서 그런 단어가 나오다니, 하하하하!"

"……."

그대로 가방을 챙겨 자리를 벗어나려는 내게 그 사람은 명언을 남겼다.

"여배우가 여우 같아야지, 호랑이 같아서 되겠어요?"

휴… 어이가 없으면 말도 막힌다. 진짜 호랑이처럼 날뛰어 볼까 싶었다. 다시는 못 걸어 다니게 다 물어뜯어 버릴까. 하지만 하룻강아지나 낑낑거리며 짖는 거지, 호랑이는 함부로 짖지 않는다고 했다. 이런 사람에게 대거리하는 건 무의미한 일이었다.

물론, 지금껏 좋은 제작자분들도 많이 만났다. 하지만 이런 식의 개차반 같은 사람들도 있었다. 그런 의미에서 나와 같은 프리랜서가 조심하면 좋을 사례들을 정리해 보았다.

- 사무실이 아닌 밖에서 미팅하자고 하는 경우 (요즘 단편 영화 제작하는 학생들도 스터디카페를 빌린다)

- 그 사람의 정보가 너무나 없는 경우 (의심할 필요는 있다)

- 유명인과 잘 알고 친하다는 허세를 부리는 경우 (빈 수레가 요란하다)

- 늦은 시간에 사적으로 부르는 경우
- 소문이 안 좋은 경우 (역시 의심할 필요는 있다)
- 객관적으로 이상한(!) 요구를 하는 경우 (돈도 포함된다)

이외에도 기타 등등이 있지만 느낌이 싸하다면 일단 한발 물러서자. 배우 커뮤니티를 보다 보면 별별 이상한 사람들을 만난 이야기를 접하게 된다. 한 사례로는 배우들에게 프로필 사진 제작에 필요하다는 명목으로 돈을 받고 잠수를 타버린 사기꾼이 있었다. 피해를 당한 배우들이 고소를 한 것으로 알고 있다. 또 내 사례와 비슷하게 밀폐된 공간에서 성적인 이야기를 듣고 충격을 받아 아예 배우를 그만두려는 사람도 있었다. 다른 사람의 소중한 꿈을 이용해 나쁜 무언가를 하려는 사람들을 정말 '극혐'한다.

나처럼 배우라는 직업을 가진 사람들만의 문제가 아니란 생각도 든다. 이상하게 세상은 간절한 '꿈'을 가진 이들이 '약자'가 되는 구조로 발전해 버렸다. 그러니 우리는 그저 조심히 피해 다닐 수밖에 없다. 늘 조심해서 나쁠 것은 없다. **번지르르한 말빨과 겉모습에 이끌려 그 사람이 내 귀인이 돼 줄 것이라는 생각은 버리자. 기회라 생각하고 잡는 순간**

내 손만 더러워질 수 있으니 말이다.

20원이 부족해 라면을 훔치다

: 애증의 라면

고등학교 졸업만 하면 서울로 올라올 생각이었다. 특기는 귀여운 척뿐이던 막내와 반대하는 부모님의 사상 첫 대치 상황. 끝끝내 서울로 가겠다 고집부리는 나를 데리고 엄마는 한 점집에 갔고, 나는 서울로 올 수 있었다. 어차피 애는 부모님 말 안 들을 거다, 예술적으로 풀지 않으면 신병이 날 수도 있다 등등등과 같은 점쟁이님의 복된(?) 말씀 덕이었다.

우선 서울에 오는 것이 첫 번째 목표였다. 그래야 '연기'라는 나의 꿈을 이루기 위해 더 많은 기회를 잡을 수 있을 것 같았기 때문이다. 대학교가 서울에 있는 게 중요했다. 연기와 관련 없는 과에 합격했지만 상관없었다. 그렇게 전문대를 꾸역꾸역 졸업했다. 졸업과 동시에 기숙사를 비워야 했다. 그래서 서울 동쪽에 있는 이모 집으로 가게 됐다. 정확히 말하자면, 이모라는 건물주와 2층 세입자로 계약했다. 5층에 살던 이모는 밥 먹으라며 자주 나를 불렀지만, 늘 저녁에 대학로 공연을 마친 후 늦게 잠들던 나에겐 아침밥보다 잠이 달았다.

당시 극단 대표님은 돈을 주지 않았다. 극장에 들어가기만 하면 미리 준비라도 한 듯 잔액이 없는 통장을 보여 주시며 하소연을 하시곤 했다. 늘 다음 달, 다음 달… 그럼에도 매일매일 관객은 조금씩 있었고, 관객이 단 한 명뿐이더라도 무대에는 올라야 했기 때문에 그야말로 '열정페이'로 연기를 했다. 그렇게 나의 열정을 담보로 '연기'라는 일을 하루하루 이어가고 있었다.

그러던 어느 날 늦은 오후였다. 여느 때처럼 공연을 마치고 늦게 들어와 잠을 자고 있었다. 그러다 부스스 잠에서 깼다. 배가 고팠다. 싱크대 찬장을 열어 봤다. 자취생의 필수품인 햇반도, 참치통조림도, 라면도 떨어졌다. 급히 전 재산을 확인했다. 체크카드의 돈은 이미 통신비로 모두 빠져나간 상태였다. 현금을 찾아야 했다. 집안을 모두 들춰보고, 텅 빈 지갑도 탈탈 털어 보고, 바지 주머니도 모두 뒤져서 겨우 끌어모은 내 전 재산은, 두둥. 정확히 650원이었다.

650원을 들고 편의점으로 향했다. 그 동네는 이상하게 편의점이 동네 슈퍼보다 더 쌌다. 배가 고픈 만큼 빨라진 걸음으로 편의점에 들어갔다. 쾌적한 공기의 편의점 안에는 다양하고 맛있는 가공식품들이 자리 잡고 있었지만 바로 라면 코너로 직행했다. 수많은 라면 중 그저 라면이면 됐다. 단, 650원 이하의. 눈에 힘을 주고 요리조리 둘러보았지만, 이럴 수가, 가장 저렴한 라면이 20원 모자란 670원이었다. 670원짜리 라면을 들고 카운터의 아르바이트생을 봤다. 뭔가 아련하게. 깎아 달라 할까, 20원만 빌려 달라 할까, 잠시 고민했다. 하지만 아무리 생각해 봐도 그랬다간 미친X 아니면 거지라며 쫓겨날 것 같았다. 겨우 살아난 이성적인 판단하에 들고 있던 라면을 다시 내려놓고 편의점을 나섰다. 쾌적한 편의점에서 불쾌함을 사서 나온 것 같았다. 그렇게 집으로 발길을 돌렸다.

그 사이 배는 더 고파졌다. 배가 고파지자 나의 안 좋은 성격이 본색을 드러냈다. 아, 맞다. 나는 꽤 집착적인 성격이다. 라면에 집착이 시작되니 나는 라면을 꼭 먹고야 말겠다는 생각만 들었다. 그래서 라면이 있을 만한 곳을 떠올렸다. 그래, 거기가 있었지.

'이모 집으로 가자.'

곧바로 5층으로 올라갔다. 띵동. 몇 번을 눌러도 답이 없다.

'산책 가셨나.'

언젠가 이모가 알려 줬던 비밀번호를 눌러 조심스레 문을 열었다. 그리고는 곧장 부엌으로 가서 일단 전기밥솥 뚜껑을 열었다. 밥솥에는 밥이 없었다. 나는 거침없이 다음 스텝을 밟았다. 싱크대 위 찬장 문을 확 열어젖혔다. 편의점 부럽지 않은 다양한 라면들이 날 반기고 있었다. 이젠 가격 비교 따윈 필요 없다. 내 취향인 라면 하나를 꺼냈다. 이렇게 오늘 한 끼 성공이다, 하던 그때였다. 띠띠띠띠 띠리링.

'이모 왔나?'

라는 생각이 들면서 반사적으로 숨고 싶었던 건 뭔가 잘못된 걸 알았기 때문일까.

"어, 이모!"

뭐가 그렇게 찔렸는지 목소리가 부쩍 크게 나왔다. 이모는 장을 보고 오셨는지 식탁에 짐을 내려놓았다. 그리고 라면 한 봉지를 손에 들고 어정쩡하게 서 있는 내게 말했다.

"야, 라면 같은 건 네 돈 주고 좀 사 먹어라."

어릴 때부터 식충이라는 말에도 헤헤거릴 수 있을 정도로 철면피였던 내 얼굴이 순식간에 달아올랐다.

"어…."

웃으며 받아칠 수 없었던 건 진짜 내가 돈이 없었기 때문이겠지. 도망치듯 계단을 내려와 내 방으로 들어왔다. 남의 집 라면을 훔친 내가 부끄럽고 한심했다. 서러움의 눈물이 차올랐지만, 얼마 가지 않아 가스레인지에 불을 켜고 냄비를 올렸다. 빨리 먹고 걸어서 대학로에 가야 했기 때문에.

당시에는 이모가 정말 미웠다. 라면 한 봉지 그거 얼마 한다고 조카한테 그렇게 말할 수 있지. 물론 그 얼마가 나에게는 없었지만. 하지만 나도 나이를 먹고 생각해 보니 돈도 안 되는 연기를 한다며 동생네 속 썩이는 조카가 사랑스럽게 보이지만은 않았겠다 싶다.

또, 당시 내가 돈이 있는 상태에서 그저 귀찮은 마음에 이모 집의 라면을 꺼내다 그런 말을 들었다면 내 성격에,

"아이고, 아주머니 제가 돈 드릴게요!"

라며 장난으로 받아쳤을 것이다. 그럴 수 없었던 건, 역시 나의 곤궁한 처지가 장난이 아닌 현실이었기 때문이었다. 돈이 궁하면 마음도 궁해진다. 그래서 평소 갖은 반찬이며 밥이며 먹으라고 불러 챙겨준 이모였지만 유독 그날의 그 한마디만큼은 서러움으로 다가왔다.

부산으로 촬영을 가기 위해 도착한 수서역에서, 라면을 먹다 문득 이날이 생각이 났다. 20원이 부족해 라면 하나 못 사 먹던 시절이 있었지. 그래도 나 이제 4,500원짜리 분식집 라면 먹네. 젓가락으로 라면 면발을 들어 올려 한입 가득 넣어 본다. 그래, 얼마가 됐든, 아직도 라면은 맛있다.

무명 배우는 뭐 먹고 살까?

: N잡러의 시작

어느 불금의 강남이었다. 처음으로 경찰차 뒷좌석에 앉아 봤다. 다행히 내 손목에 수갑 같은 것은 없었다.

20대 중반까지, 온갖 아르바이트를 했다. 편의점, 카페, 음식점 서빙 등은 일반적인 아르바이트였다. 하지만 언제 스케줄이 생길지 모르는 '무명' 배우에게 이런 일반적인 아르바이트는 무리였다. 드라마의 경우, 심하면 전날 밤에 일정을 알려 주기도 할 정도니까. 처음 한두 번이야 사장님께서 사정을 봐주시지만, 반복되면 결국 잘리기 마련이다. 내가 사장이라도 잘랐을 것이다. 그래서 주로 단기 행사 아르바이트를 했다. 몸은 더 힘들 수도 있지만, 최저 시급보다 높은 임금에 촬영과 일정이 겹치지 않게 할 수 있는 최고의 일이었다.

겨울에는 산타 복장을 한 채 청평화 시장 거리에서 오들오들 떨며 전단지를 뿌리고, 여름에는 푸드 트럭 앞에서 목청을 높이며 땀을 뺐다. 봄, 가을에는 주류 행사를 주로 했다. 혹시 술집에서 술을 마시는데 한 병 더 시키면 선물을 주겠다는 이벤트를 받아본 적 있는가? 그렇다면 나와 마주쳤을 수도 있겠다. 서울 거의 전 구역의 술집들을 돌며 했으니까. 구역 당 열 군데 정도의 술집 테이블들을 돌며 해당 주류를 홍보하고 주문하도록 유도하는 일이었다. 이 아르바이트를 할 때는 초록초록한 유니폼을 입고 2인 1조로 다녔다. 이 일은 유독 시급이 셌다. 경력에 따라 달랐지만 4시간에 10~12만 원 선이었다. 하지만 다른 일보다 시급이 센 데에는 다 이유가 있다. 맨정신으로, 한창 술을 마시고 있는 사람들을 상대하는 일은 조금 벅찼다. 언어적인 희롱은 빈번했고 우리를 가벼이 보는 시선이 느껴졌다.

그날은 조금 바쁠 것이 예상되는 금요일 저녁이었다. 평소같이 테이블을 돌며 이벤트를 진행하던 중 일이 터졌다. 같은 조였던 A의 안색이 이상했다. 나보다 이런 행사 아르바이트를 많이 해 본 나름 베테랑(?)에 멘탈마저 갑이었던 A에게서 그런 표정은 처음 보았다.

"무슨 문제 있어?"

걱정이 돼서 A에게 묻자, A는 밖으로 나와 보라는 제스처를 취했다. 나는 처음 보는 A의 모습에 덜컥 겁부터 나서 단숨에 따라 나갔다. 곧 울 것만 같은 눈으로 A는 말했다.

"못 봤어? 저기, 저 테이블 아저씨가 뒤에서 다가오더니…. 만졌어."

A는 취객에게 성추행을 당한 것이다. 취객은 A의 몸 중요 부위를 함부로 만졌다. "꺅"이라거나 "무슨 짓이세요?"라는 말 같은 건 실제 상황에서 잘 나오지 않는다. 우리는 그저 아무 말 없이 감정을 추슬렀다. 아무도 우리가 당한 일은 보지 못했는지 왁자지껄한 분위기는 여전했다. 침울한 우리의 분위기와 동떨어진 그들의 높은 텐션을 보니 마치 다른 세상에 있는 듯했다.

천천히 상황을 다시 되짚어 보며 무엇을 해야 할지 정리해 봤다. 가장 먼저, 추행을 당한 A가 진실한 사과를 받아야 했다. A는 사과만 받고 더 일을 키우고 싶지는 않다고 했다. 우리는 다시 술집 안으로 들어가 그 테이블 앞에 섰다. 40대 초반 정도로 보이는 네다섯 명의 남성들이 우리를 힐끔 봤다. 겁먹었을 A를 대신해 내가 말했다.

"아까 하신 행동 사과하세요."

하지만 당사자인 그 취객은 인사불성이었다. 그때 그나마 상대적으로 제정신으로 보였던 동행인들이 우리에게 쏘아붙였다.

"그러게 왜 짧은 치마를 입고 우리 테이블로 왔어요?"

짧은 치마를 입으면 만져도 된다는 식의 참신한 사고방식에 우리는 결국 경찰에 신고하기로 결정했다. 다행히 가게의 CCTV는 선명했다. 우리는 가게 사장님께 협조를 요청했고 다시 밖으로 나왔다. 불금의 강남은 화려했는지, 경찰차는 바로 오지 않았다. 그 취객이 도망이라도 갈까 봐 밖에서 주시하며 경찰이 오기만을 기다렸다.

가을 끝자락의 날씨 때문인지 분노 때문인지 이와 몸이 함께 떨렸다. 40분 정도 지났을까. 경찰차 두 대가 왔다. 한 대에는 가해자를, 한 대에는 A와 나를 태우고 이동했다. 나는 참고인 자격으로 뒷좌석에 앉았다. 초록색 유니폼을 입은 채 지구대로 이동하던 우리는 무슨 생각 중이었을까. 평소 말이 많던 A는 조용했고 나는 멍하니 창밖을 바라볼 뿐이었다. 창문 밖 불금의 강남은 휘황찬란하고 화려하기만 했다.

그렇게 처음 가 본 지구대는 생각했던 것보다 웃음이 많은 곳이었다. 앉아 있는 우리를 보고 파출소 안에 있던 사람들이 키득거렸다.

"이 초록 아가씨들은 뭐야?"

다른 한 분이 열심히 몸으로 재연하며 답했다.

"아니 뭐, 일하는데 뒤에서 이렇게 이렇게, 막 그랬대."

뒤이어 그들은 큭큭대기 바빴다.

"지금 그게 웃겨요?"

차갑게 목소리를 깔고 묻자 그제야 그들은 표정 관리를 시작했다. 지구대에서 경찰서로 다시 이동해 진술까지 마치고 나자 새벽 1시가 넘은 시간이었다. 우리는 각자 택시를 타고 집으로 향했다. 긴장이 풀려 택시 창문에 머리를 기대자 문득 유리에 비친 나와 눈이 마주쳤다. 내가 될 수 있었다. 오늘의 피해자가 말이다. 그렇다면 오늘 이 일들을 직접 보고 겪은 내가 다시 웃으며 행사 일을 계속할 수 있을까.

계산해 보았다. 이런 아르바이트를 하지 않고 '배우로서만 생활할 수 있는 때'까지 남은 시간을. 오직 '배우'라는 직업으로만 돈을 벌고 생활해 나갈 수 있는 때까지 남은 시간을. 계산이 되지 않았다. 그저 막막하고 멀게만 느껴졌다. 확실한 건, 그때까지 어떻게든 '잘' 버텨야 한다는 것이었다. 오늘 같은 일은 다시는 겪고 싶지도, 보고 싶지도 않았다. 하지만 돈. 그래, 그놈의 돈이 문제였다.

늘 돈이 없었다. 저축과 재테크에 대한 얘기만 나오면 말이 줄었다. 월세와 휴대폰 요금, 공과금 내기도 급급한데 저축이라니. 저축할 돈도 없는데 재테크라니. 말 그대로 숨만 쉬어도 돈이 나가는데. 가만히 누워 천장을 멍하니 바라보며 대박을 바란 적도 있었다(솔직히 많았다). 연기든 로또든 무엇으로든. 정작 로또는 사지도 않으면서 말이다. 잠들기 전 자주 하는 생각은 '돈 걱정 없이 살 수 있다면 얼마나 좋을까'였다. 하지만 경품 하나 당첨되는 일이 드물었던 나는 대박은 포기하기로 했다.

'그래, 대박 대신 오래가는 배우가 되자. 그리고 그때가 되기 전까지 버티자.'

오직 '배우'라는 과녁을 향해 총알이 명중될 때까지. 하지만 그 과녁은 늘 어지럽게 흔들리고 이리저리 움직였다. 빗맞는 과녁을 맞히기 위해서는 많은 총알이 필요했다. 그래서 나는 몇 발 안 남은 권총을 내려놓고 기관총을 잡아, 비장하게 장전했다.

새로운 기관총에 장전한 첫 발은 필라테스 강사였다. 운동을 좋아하고 곧잘 했던 나에게 엄마가 권해 주셨다. 6개월가량의 강사 과정 끝에 자격증을 취득해서 강의란 것을 시작할 수 있었다. 첫 수업 때의 떨림을 기억한다. 성대의 떨림은 마치 첫 오디션을 보던 때와 비슷했다. 주어진 50분이라는 시간을 어떤 동작으로 진행할지 리마인드하느라 정신없었다.

모든 일이 그렇듯 연습은 자신감을 주고 시간은 노련미를 준다. 지금은 많은 경력을 쌓아 병원 및 기업 강의도 나가며 레슨을 하고 있다. 또 필라테스 강사로, 건강을 다룬 운동 관련 촬영에 많이 참여할 수 있었다.

두 번째 총알을 장전해 본다. 유튜브다. 이미 레드오션이 돼 버렸다지만 그렇게 생각하면 아무것도 시작할 수 없다. 코로나19가 시작되면서 필라테스 수업이 줄어든 때였다.

그래서 비대면으로 레슨하듯 유튜브로 필라테스 수업을 해 봐야겠다고 생각했다. 당장 어떤 금전적 수익을 바라고 한 것이 아니라서, 수익 창출이 가능함에도 광고를 넣지 않고 있다. 대신 스카우트 제의나 협찬 제안 등을 메일로 받는다. 이것들이 간접적인 수입이 되기도 한다. 초보 유튜버라 아직도 휴대폰으로 촬영하고 휴대폰으로 편집한다. 기계치인 내게 영상을 업로드하기까지의 과정은 조금 복잡하지만 랜선 회원님들의 '응원'과 '좋아요'가 늘어나는 만큼 어깨도 으쓱 올라간다.

마지막으로 장전한 총알은 타로카드 마스터가 있다. 불안할 때마다 보던 사주나 타로카드에 쓴 돈을 합치면 100만 원은 족히 넘을 것이다. 돈이 아까워 '내가 배워 내 것 내가 보자!'라는 마음으로 타로카드를 공부했다. 더불어 타로카드도 하나의 심리 상담이라 생각해 심리 상담 자격증도 취득했다. 지금은 타로카드로 내 운세도 보고 비대면으로 남의 운세도 보고 상담도 해주며 복채라는 것도 받는다.

아, 물론 장전은 했지만 조준에 실패한 일도 있다. 라이브 커머스(모바일 홈쇼핑)로 단백질 음료를 팔아 보겠다며 사업자 등록까지 냈건만 쏟는 정성과 시간에 비해 잘 팔리지 않아 결국 폐업했다. 그렇지만 어떤 시도든, 내 관심사에서 비롯된 것이었기 때문에 즐겁게 할 수 있었다. 성공했든 실패했든 스스로 새로운 도전을 했다는 값진 경험들은 지난날의 모욕감에서도 벗어날 수 있게 해 주었다. 여유롭지는 않지만 경제적으로 어느 정도 자신감도 생겼다.

'무명인', '프리랜서'라는 직업은 대개 경제적으로 불안정하다. 이번 글은 경제적으로 불안정한 사람들이 부캐를 생성하는 데 조금이라도 도움이 되었으면 하는 마음으로 썼다. 오래 버티기 위해서는 지구력이 필요하다지만, 그 지구력은 종종 돈에서 나온다. 자본주의 시대에 살면서 당연한 것 아닌가.

늘 시작이 어렵다. 필라테스 강사 자격증을 취득하는 데도 꽤 많은 돈과 시간이 들었다. 유튜브는 무플, 그리고 꾸준함과의 싸움이었다. 타로카드는 홍보하는 데 제약이 많았다. 그럼에도 이 '부캐'들은 '본캐'가 방아쇠를 당기기에 충분한 총알이 되어 돌아와 줬다.

무명 배우인 나는, 오늘도 기관총을 장전하며 맞짱 뜰 준

비를 한다. 드루와 드루와.

다른 일은 생각도 해 본 적 없어

: 어떤 의미

광주에 있는 친언니들이 묻는다.

"서울이 그렇게 좋아? 아니면 지금까지 한 게 아까워서 그래?"

나는 집순이라 서울의 핫플레이스들은 잘 모르고, 지금까지 한 게 아깝다기에는 크게 이룬 게 없어 아쉬움보다는 앞으로의 기대가 크다.

셋째 언니는 특별히 하고 싶은 게 없다고 했다. 그런 언니가 부러웠다, 진심으로. 하고 싶은 게 없어도 즐겁게 살 수 있는 것 아닌가 싶은 게 내 생각이었다. 주변의 소소한 것들로 즐거움과 재미를 느끼며 하루하루 즐겁고 평범하게 살고 싶었다. 물론 평범하게 사는 게 가장 어렵다지만 나도 그렇게 할 수만 있다면 그런 삶을 살고 싶기도 했다. 하지만 마음이 안 따라 주는 걸.

한 예능 방송에서 유명한 아나운서가 이런 말을 했다.

"꿈이 없는 것도 슬프지만 안 되는 꿈을 붙잡고 있는 건 더 슬프다."

나에게 하는 말 같아 괜스레 찔렸다. 찔리다 못해 그 아나운서에게 화까지 났다. 본인은 목표를 이뤘으니 그런 말도 할 수 있는 거지. 괜히 열심히 하는 사람들 사기를 떨어뜨리고 그래!

"그래, 나도 차라리 '목표'가 없었으면 좋겠어."

나는 '꿈'이라는 말을 좋아하지 않는다. 진짜 '꿈'으로만 끝날 것 같아서. 가끔은 그렇게 내가 이룰 수 없는 꿈을 붙잡고 있는 건가 상심하고 있다가도 촬영 연락이 오면 정신이 바짝 들고 설레며 활기차진다. 듣는 사람의 심장이 쪼그라들 수 있는 말이지만, 이 일 아니고는 내 심장을 이토록 뛰게 하는 일이 없다. 그야말로 연기를 사랑한다. 나 홀로.

청룡영화상에서 여우주연상을 받은 조여정 배우님의 수상 소감 중 유난히 공감이 갔던 부분이 있다.

"어느 순간 연기를 그냥 제가 짝사랑하는 존재라고 받아들였던 것 같아요. 언제든지 버림받을 수 있다, 이런 마음으로 연기를 항상 짝사랑해 왔던 것 같아요. 그리고 절대 이루어질 수 없다, 어찌 보면 그게 제 원동력이었던 것 같기도 해요. 사랑이 이루어질 수 없으니까. (중략) 지금처럼 씩씩하게 잘, 열심히 짝사랑해 보겠습니다."

혼자 하는 사랑. 나도 10년 가까이 연기를 짝사랑하고 있다. 남녀가 이별하듯 대본이 꼴 보기 싫어지고 연기에 정나미가 뚝뚝 떨어지면 그땐 그만할 수 있을까? 그런데 그런 날이 올까? 내 책상 위와 서랍 칸에는 예쁘게 제본 뜬 대본들이 여럿 있다. 시나리오를 메일로 받을 때마다 매번 행복한 발걸음으로 제본집으로 향했고, 그렇게 나만의 대본을 가진 후에는, 작품이 끝나도 버리지 못한다.

몸부림치며 캐릭터 속으로 들어가 보려 애쓰다 어느 순간 그 캐릭터의 옷을 입었다는 느낌이 들 때쯤엔 다시 그 옷을 벗고 '나'로 돌아와야 하는 시간이 온다. 시원섭섭하고 헛헛한 마음에 촬영이 끝나 더 이상 찍을 것도 없는 시나리오를 뒤적이다 잠이 든다. 그렇게 며칠이 지나고 온전한 나로 돌아오면 다시 다른 캐릭터를 찾는다. 늘 이렇게 연기에 목마르다. 현장에 있는 것이 좋고 카메라 앞에서 캐릭터로 설 때가 가장 행복하다. 이런 내가 무슨 다른 일을 할 수 있을까.

우리나라에는 12,000개가 넘는 직업이 있다고 한다. 많고 많은 직업 중에 누구의 강요나 제안도 없이, 배우라는 직업을 직접 선택해서 하고 있다. 아마 많은 사람들이 오로지 본인의 선택으로 본인만의 목표를 향해 나아가고 있지 않을까. 그 선택이 가끔 스스로를 고통스럽게 하지만 또 살아 있음을 느끼게 해 주기에, 확신에 찬 목소리로 말할 수 있다.

다른 일은 생각도 해 본 적 없어, 나한텐 이 일 아니면 의미가 없거든.

무명 배우의 평범한 일상

: 마음 편히 쉰다는 것

"그럼 평소에는 뭐 하세요?"

촬영이 많지 않은 무명 배우인 나는 이런 질문을 많이 받는다. 나는 생계형 배우다. 이 생계형 무명 배우는 연기하는 시간보다 필라테스를 가르치는 시간이 더 많다. 50분 수업하고 10분 쉬는 일을 대여섯 시간 반복하고 집에 오면 아무도 없지만 아무 말도 하고 싶지 않다. 요가복 위에 입었던 통통한 검은 패딩을 벗어 옷걸이에 걸며 생각한다. 어딜 봐도 시커먼 게 꼭 타들어 가는 내 속과 닮았다고.

아무것도 하지 않으면 아무 일도 일어나지 않는다는 말이 있다. 아무 일도 일어나지 않는 시간들은 너무나 괴로워서, 이동 시간, 쉬는 시간에는 오디션 공고란을 뒤적이고 출연 영상들을 다시 편집해 보고 연락이 오지 않는 이유는 무엇일까 고민해 본다. 생계형 무명 배우에게 쉬는 날은 없다. 좀 더 정확히 말하자면 몸은 쉬는데 마음은 단 하루도 쉬어 본 적이 없다.

청년 주택 민간 임대 재계약을 하러 간 날, 임대인은 말했다.

"92년생이면 결혼을 하든지 어떻게 하든지 해서 빨리 청년 주택은 나가야지."

웃으며 하신 말씀이지만 나도 2년 후 재계약은 또 하고 싶지 않다. 내 집 마련은 너무 큰 바람이고, 반전세로라도 살고 싶다. 2년 후에도 지금처럼 일도 사랑도 못 잡고 통장 잔액까지 비어 있는 상태라면 생각만 해도 끔찍하다. 다시 말을 바꿔야겠다. 무명 배우인 나는, 몸도 마음도 단 하루도 편히 쉬어 본 적이 없다. 그래서 주중에도, 주말에도, 공휴일에도 일을 한다.

공휴일이었던 어느 날, 오전에 필라테스 수업을 마치고

집으로 가면서, 거리의 사람들과 나의 옷차림을 보며 약간의 이질감을 느꼈다. 나와는 다른 어떤 가벼운 산뜻함이 보였달까. 아, 봄이구나. 이제 이 통통한 검은 패딩 안에 몸을 감추는 것도 그만해야 하는 때가 왔구나.

집에 돌아와 샤워를 하고 거울의 습기를 손바닥으로 쓱쓱 닦아 본다. 무표정한 얼굴에 입꼬리를 슬쩍 올려 본다. **오늘도 아무도 너를 알아주지 않았지만. 불러 주지 않았지만. 수고했어, 연지 배우.**

이 '대사'해 본 사람?

: 나다운 게 뭔데!

살다 보면 "아주 영화를 찍고 앉아 있네"라는 말을 내뱉을 뻔하거나 들은 적이 있을 것이다. 나 또한 영화 혹은 드라마에서나 나왔을 법한 말을 누군가에게 듣거나 직접 내 입으로 말해 본 적이 있다. 혼자만 창피스러울 수 없으니 함께 그 경험을 공유해 보고자 한다. 시작은 가볍게.

- 호적에서 파버린다 or 자식 없는 셈 친다.

연기를 시작할 때 아빠에게 종종 들었던 말이다. 그만큼

화가 났다는 표현이겠지만, 사실 이 대사를 듣고 진짜 진짜 겁먹을 자식이 얼마나 있을까 싶다(아부지, 죄송합니다).

- 나다운 게 뭔데!

쓰면서도 소름이 돋는 이 대사를 내가 진정 내뱉었다니…! 어서 빨리 부연 설명이 필요하겠다. 네 자매 중 막내인 나는 그나마 애교가 있어서, 가족 내 분위기 메이커를 담당하고 있었다. 그런데 사춘기 때였을까. 제발 그랬으면 한다. 어떤 농담을 듣고 정색을 하며 표정을 풀지 않는 나에게 세 언니 중 한 명이 장난스럽게 말했다.

"에이, 왜 그래. 너답지 않게."

이 말에 나는 사백안이 되도록 눈을 부라리며 이 대사를 해 버렸다.

"나다운 게 뭔데!"

진짜 이렇게 한 글자도 빼지 않고.

그때의 나를 붙잡고, 제발 다른 대사는 없었냐고 묻고 싶다(근데, 언니 대사도 좀 구렸어).

- 뽀뽀해도 돼요?

장르는 숙취물이라 해 두겠다. 촬영 후시 녹음을 마친 뒤

가진 조촐한 회식 자리였다. 나보다 어렸던 남자 오디오 감독이 취했는지, 눈만 마주치면 "누나 뽀뽀해도 돼요?"를 연발했다. 하지만 장르는 다시 한번 강조하지만 숙취물로, 각자의 잔에 입을 맞추는 것으로 끝났다. 다음날 생각해 보니 그 대사는 괜찮더라, 서로 호감만 있다면(나중에 써먹어야지, 후후).

- 너 그럴 줄 알았다.

언짢은 일이 생겼을 때, 마치 본인은 모든 것을 다 예견하고 있었다는 듯 내뱉는 '넌씨눈'들의 대사이다. 조언도 위로도 충고도 안 되면서 기분만 나빠지는 말. 그럴 줄 알았으면 미리 말을 해 주시지 그러셨어요.

- 사랑했어.

'사랑한다'의 반대말은 무관심도 증오도 아닌, '사랑했었다'라고 한다. 내 기억 속에 자리 잡은 이별의 한 장면. 이제 날 사랑하지 않냐는 무의미한 나의 질문에 비수가 되어 날아와 가슴에 콱, 하고 박힌 네 음절. 사.랑.했.다. 우리 모두는 다양한 형태의 사랑을 해 왔고, 앞으로도 그렇겠지. 한 가지 욕심이 있다면, 앞으로는 누군가를 만나는 데 서두르지 않을 테니 '사랑한다'라는 진행형만 듣고 싶다.

Part 2.

열심정치

아프지 않게 죽고 싶어요
: 내가 이상하다

침대에 누운 채 손끝 하나 움직이지 않았다. 내가 움직이고 싶지 않아서 그랬던 건지, 아니면 내 몸이 원래 이랬던 건지 판단되지 않았다. 심지어 돌아눕는 것조차 귀찮았다. 하릴없이 천장만 보고 있다가 생각이 제멋대로 흘러 버렸다.

'이대로 흔적 없이 사라질 수 있다면 얼마나 좋을까.'

매일 비슷한 악몽과 불면에 시달렸다. 나는 어제 먹은 것도 한참 생각해야 떠오르는 좋지 않은 기억력을 가지고 있다. 그런데 몇십 년도 더 지난 일들은 왜 이리도 생생하기만 한지. 오래돼서 이제는 잊혔다고 생각했던 기억들이 떠오를 때마다 가슴이 쿵쾅쿵쾅한다. 기억 저편에서 가장 먼저 들려오는 것은 아빠의 빠른 발걸음 소리와 날카로운 욕설. 그리고 뒤이어 행해진 폭력적인 행동들. 마지막에는 그런 아빠를 보는 무력한 내 모습이 선명하게 떠오른다. 그런 기억들이 덮치면 나는 슬픔보다 분노에 가까운 감정으로 힘들어했다. 이제는 일어나지 않는 일인데도 그 기억들은 일상에서 다양한 모습으로 연상되어 나의 불안을 건드렸다. 누군가 숟가락 하나라도 거칠게 놓는 모습을 보면, 그대로 얼음이 됐다. 누가 크게 소리만 질러도 내 심장은 몸 밖으로 튕겨 나올 것처럼 날뛰었다. 그렇게 불쑥불쑥 튀어나오는 기억들이 어느새 내 일상과 정신을 삼켜 버렸다.

궁금했다. 현재도 아닌 과거의 일이 지금의 내게 이렇게까지 영향을 줄 수 있는지. 결론은, 그 일들은 갑자기 나에게 영향을 끼친 것이 아니라 오랜 시간 서서히 나를 잠식시키고 있었다는 것이었다. 안 그래도 빠른 편이 아니었던 말의 속도가 더 느려지고, 익숙했던 단어와 이름들이 생각나지 않으면서 스스로 멍청해지고 있다고 느끼고 있었다. 그러다 급기야 침대 옆의 창문을 열어 그냥 뛰어내리고 싶은 충동이 들었을 때, 그제야 정신 건강 의학과를 찾았다.

병원을 비교해 보고 분석할 의지도 없었다. 그저 언젠가 누군가 불면증 치료차 다녔다며 지나가듯이 했던 말을 떠올리며 병원을 찾았다. 나는 한시가 급했던 것 같다. 응급실 가듯이 병원을 찾았으니까. 그래서 바로 치료를 받고 뭐라도 처방을 받고 싶었다. 그런데 이건 또 뭔지. 병원에서는 처방 대신 몇 장의 문답지를 작성해 오라는 '숙제'를 줬다. 집으로 돌아가 그 숙제를 앞에 두고 한참을 멍때렸다. 숙제 속 문제들은 기억하고 싶지 않은 과거 서술형이 대부분이었다. 내 활자를 기다리는 문제들 앞에서 펜 끝 하나 쉽게 대지 못했다. 오히려 정신 건강에 안 좋은 것 같다며 문제 풀기를 포기했다가 약이라도 받자는 마음으로 크게 숨을 마시며 펜을 다시 잡았다. 약 한 시간 정도를 문제지와 씨름했다.

다음날, 문답지를 제출하고 나서야 의사 선생님과 제대로 마주할 수 있는 시간이 주어졌다. 의사 선생님이 앉아 있는 책상 앞까지 가는 동안 이곳의 분위기를 파악해 봤다. 그 짧은 시간에 나는, '진료실'이라고 적혀 있는 이 방을 '오열의 방'이라 명명하기로 했다. 대기실에서 상담하는 소리가 전혀 들리지 않는 걸 보니 방음이 잘 되어 있구나 생각되는 문, 친절하고 조심스러운 눈빛으로 나를 바라보는 선생님, 탁상 우측에 손을 뻗으면 바로 닿을 수 있는 곳에 놓인 티슈까지. 모두 오열을 위한, 오열에 대비하기 위한 요소로 보였다.

'이런 클리셰라니, 나는 절대 안 울어야지.'

라고 생각하며 책상 앞에 놓인 의자에 앉았다. 의자는 꽤나 푹신했다. 책상 위에는 내가 풀었던 '숙제'가 놓여 있었다. 50대 중반으로 보이는 의사 선생님이 사근사근한 목소리로 진료를 시작하셨다.

"네, 어떻게 오셨어요?"

한참을 아무 대답을 할 수 없었다. 어떤 표정도 지을 수 없었다. 머릿속에는 묘한 의지 같은 것만 더 강해지고 있었다. 울지만 말아야지, 울다가 말도 못 하면 안 되는데. 그러니까 나는 절대 안 울 거야.

누군가에게 내 마음을, 나조차도 달갑지 않은 무거운 마음을 말하는 것이 익숙하지 않았다. 우울한 기운을 전염시키는 것 같아서. 그 상대가 이 분야를 전공한 의사라고 해도 눈치가 보였다. 하지만 더 큰 문제는, 무슨 말을 어디서부터 어떻게 해야 할지도 모르겠다는 거였다. 일단, 울지 않고 있으니까 말은 할 수 있다. 그러니까 말을 해야 한다. 손가락 끝을 만지작거리며 마음을 가다듬어 봤지만 갈 곳 잃은 눈동자는 좀처럼 진정되지 않았고, 입술은 쉽게 떨어지지 않았다. 그러다 결심했다. 입을 겨우 열어 혀끝을 천천히 움직였다.

"……주, 죽고 싶어요…. 아프지 않게 죽고 싶어요…."

매일 밤 속으로 생각했던 그 말을 결국 입 밖으로 뱉었다. 죽고 싶다는 생각을 멈춰 달라는 것인지, 아프지 않게 죽게 해 달라는 것인지 모를 말이었다, 나조차도 이해할 수 없는 모호한 말. 이런 내 말을 듣고 의사 선생님은 나에게 몇 차례 질문을 했다. 하지만 나는 저 말을 한 이후로 입을 열지 못했다. 결국 속 시원히 어떤 말도 하지 못했다. 다행히 결심했던 대로 눈물은 쏟지 않았는데, 그게 과연 잘한 건지 알 수 없었다. 진료는 그렇게 끝나 버렸다. 다음 주에 뵙기로 하고 약을 타온 게 전부였다. 그렇게 영양제도 안 먹던 내게 꼬박꼬박 챙겨 먹어야 할 약이 생겼다.

알코올에 중독되었습니다

: 나의 의지로 벗어나는 중입니다

얕은 숨을 몰아쉰다. 크게 숨을 마셔 보지만 갈비뼈 어딘가에서 짱짱한 막이 생겨 숨이 지나가는 통로를 막아 버린 듯 가슴에 숨이 채워지지 않는다. 주먹으로 가슴을 몇 번 쳐 봐도 답답한 건 그대로다. 어느 날 갑자기 내 마음의 문을 열고 침입한 우울증은 나에게 '종합 선물 세트'를 덜컥 안겨 줬다. 나는 얼떨결에 그 선물 세트를 받아 버렸다. 선물은 자고로 열어 봐야 하는 것 아닌가. 그래서 열어 봤다. 아…. 그냥 둘 걸, 괜히 열어 봤다. 어쩌다 열어 본 상자에서는 호흡곤란, 무기력, 불면, 혹은 지나친 수면, 급기야는 알코올 중독까지 튀어나와 나에게 달라붙었다.

어딘가에서 우울증 환자를 위한 대책이라며 적어 놓은 것을 본 적이 있다. 뭐니뭐니해도 돈을 저축해 둘 필요가 있다는 말이 생각났다. 하지만 모아 둔 돈이 없는 걸. 우울증 종합 선물 세트 덕분(?)에 내 생계를 책임지고 있던 필라테스 수업을 자꾸 펑크 냈다. 돈은 벌어야 했지만 일은 그만두는(잘리는) 사태가 생겼다. 일자리를 잃고 집에 있는 시간이 늘어나자 우울은 나를 붙잡고 더 질척거렸다. 샤워하고 머리를 말리는 것, 눈을 뜨고 감는 것, 누워 있던 몸을 일으켜 앉는 것조차 아주 힘든 일이 됐다. 그렇게 침대에서 꼼짝 않고 잠만 잤다. 깨면 다시 자려고 노력했다. 꿈이 현실보다 좋아서.

금기를 깼다. 모든 약은 술과 동반하면 안 된다는 금기를. 특히 우울증 약은 더더욱 술과 함께 먹어선 안 된다. 하지만 나는 약을 복용하며 술을 먹었다. 어떤 때는 술을 물 삼아 약을 삼켰다. 이것은 거의 자해 행위에도 가까웠다. 우울증 약을 술과 함께 먹으면 약과 술, 두 물질의 효과가 각각 증폭

되어 몸과 마음에 더 극단적인 영향을 끼친다고 한다. 우울증 증상을 더 악화시키는 것은 물론 제어하기 힘든 폭력성, 인지 기억력 저하, 호흡 저하, 수면 장애 등의 부작용이 따른다. 실제로 더 깊은 우울감, 불안감, 기억력 저하를 체감했다. 주의사항을 듣고 부작용까지 느꼈지만 멈출 수 없었다. 맥주캔을 따는 소리가, 빈속에 내려가는 차가운 알코올이 좋았다.

"선생님 죄송해요, 또 술 마셨어요."

참회하듯 털어놓았던 고백도 언젠가부터 하지 않았다. 약이 필요했고, 술도 필요했으므로. 약을 하루라도 건너뛰면 나는 무너졌고, 술을 건너뛰기에는 마셔야 할 이유가 넘쳐났다. 술과 약을 함께 먹기 위해 나는 내 행동을 합리화했다.

'이 정도면 많이 마시는 것도 아닌 걸.'

'내가 주정뱅이처럼 보이지도 않잖아?'

'그래도 난 술주정은 없어.'

그렇게 늘 술과 함께였다.

그러다 결국 나는 '알코올 중독 자가 진단 테스트'를 하게 됐다. 수십 개의 문항으로 구성된 테스트지에는 다섯 개의

선택지가 있다. 질문을 읽고 내가 해당하는 곳에 체크를 하는 방식이었다. 예를 들면,

- 얼마나 술을 자주 마십니까?
(0) 전혀 마시지 않는다 (1) 월 1회 미만 (2) 월 2-4회
(3) 주 2-3회 (4) 주 4회 이상

참고로 괄호 안에 있는 건 점수다. 끝까지 문항에 답을 하고 나면 점수를 합산해서 총점을 매긴다. 그러고 나면 총점을 바탕으로 내가 알코올에 얼마나 중독됐는지 파악한다. 총점이 12점 이상이면 상습적 과음주자로 주의가 필요하고, 15점 이상이면 문제 음주자로 적절한 조치가 필요한 상태고, 20점 이상이면 전문가와 상담이 요구되며, 25점 이상이면 알코올 중독자로 전문적인 치료와 상담이 필요하다고 한다. 참고로 나는 20점 이상이었다. 나는 전문가와의 상담이 요구되는 중독 상태였다. 그래서 병원에 간 거지만, 답답했다. 처음에는 내 마음에 우울증만 들였는데 어쩌다 알코올 중독까지 데리고 들어온 건지.

병원에서는 중독의 원인보다는 현재의 상태에 집중해서 치료를 진행했다. 그게 맞는 거지만 그래도 나는 답답했다.

우울증이 알코올 중독을 가져온 것인지, 알코올 중독이 우울증의 악화를 불러온 것인지 확실하지 않았다. 원인을 알면, 그냥 지금 당장이라도 끊을 수 있을 것 같은데. 병원보다 내가 더 나를 잘 알고 있는 것 같은데. 하지만 혼자서 술을 끊는 것은 무리였기 때문에 병원에 꾸준히 다녔다.

그러던 어느 날, 술을 갈망하던 나의 모습에서 그토록 싫어했던 술 취한 아빠의 모습이 보였다. 그날 나는 집에 있던 모든 술들을 화장실 변기에 남김 없이 비워냈다.

중독 수준이었던 습관이 한순간에 완전히 고쳐지기는 힘들었다. 병원에 가서 '항갈망제(알코올 의존성 환자의 금주를 위해 사용되는 약)'를 구걸했다. 하지만 먹고 있는 우울증 약이 많은 수준이라 더 약을 처방해 주기는 힘들다는 말을 들었다.

집으로 오는 길, 나에게 물었다. 평생 우울감과 술기운으로 살고 싶은가. 아니었다. 밤마다 혼자 홀짝이며 술을 마시다 감정적으로 변하는 나를 바라는 것인가. 아니었다.

그렇다면 대체할 수 있는 무언가를 찾자. 버스에서 내려 집 앞 편의점으로 향했다. 자주 마시던 맥주와 목 넘김이 비슷한 것을 찾아봤다. 고심 끝에 무알코올 맥주, 탄산수, 탄산음료들을 한 봉지 가득 사 왔다. 이것들로 술을 대체해 보겠다는 생각이었다.

지금부터는 내가 술을 대체할 목적으로 산 음료들에 대한 지극히 개인적인 의견을 말해 보겠다. 무알코올 맥주는 일단 맛이 없었다. 탄산수는 그저 물과 비슷한 느낌이었다. 탄산음료가 그나마 술과 비슷한 목 넘김과 기분을 주었다. 요즘 내 냉장고에는 맥주 대신 제로 콜라가 잔뜩 채워져 있다. 탄산음료 또한 자주 마시는 것이 신체 건강에 좋지 않다는 것을 안다. 하지만 알코올 의존에서 벗어나고 싶었고 그것을 대체하는 무언가가 절실했다.

그렇게 **나는 내 의지로 술과 멀어지고 있다.**

내가 이러는 건 우울증이어서가 아니야

: 네가 떠난 건 내 우울증 때문이지만

우울증을 앓고 정신 건강 의학과에 다니는 것이 부끄럽지는 않았지만 새삼 자랑할 일도 아니기에 굳이 말하고 다니지 않았다. 요즘 같이 복잡한 현대 사회에 우울증은 감기 같은 것이라고, 어딘가에서 들었다. 그리고 나는 뭐랄까, 그렇게 심각한 상태도 아니었다.

어느 날, 좋아하는 사람이 갑자기 집에 찾아왔다. 준비되지 않은 상태에서 맞이한 손님이었다. 그는 어느새 성큼 내 방에 들어왔다. 그리고 호기심이 가득한 눈빛으로 내 방 안을 둘러보기 시작했다. 미처 치우지 못한 약봉지들이 책상 위에 널브러져 있는 상태였다. 얼마 되지 않아 그가 책상 위 그 약봉지들에 시선을 고정했다.

"이 약들은 뭐야?"

"아, 나 머리 아플 때 먹는 약들이야."

'마음'을 '머리'로 거짓말했다. 그런데 그가 돌발 행동을 했다. 휴대폰을 열고 검색 창에 '약학 정보원'라고 입력하더니 홈페이지를 찾는 것이다. 그리고 내가 먹는 약들의 정보를 찾아보기 시작했다. 나도 내가 먹는 약들이 위장약, 항우울제, 불안 장애 약 정도인 것밖에 모른다.

"이런 약을 왜 먹어."

그는 이 말을 반복하며 검색을 계속했다. 이후 그는 내성이 생길 수 있으니 곧 끊어야 한다고 말했다. 약을 먹기 시작한 지 얼마 되지 않은 시점이었다. 그의 말보다 전문가인 의사의 말을 들어야 하며 그래야 나아질 수 있다는 것쯤은 내 컨디션을 통해 알 수 있었다. 약을 제때 먹은 날과 그렇지 않은 날의 차이를 느꼈으니까.

그날 이후, 나를 보는 그의 눈빛이 달라졌음을 느꼈다. 불쌍하게라도 봤으면 차라리 나았을까. 사기라도 당한 사람처럼 바라보는 눈빛, 내가 무슨 말만 하면 우울증 환자라서 그렇다고 치부하는 듯한 시선. 애초에 '나는 우울증 환자입니다'라고 밝히며 교제를 시작했어야 했을까. 당사자인 나는 아무렇지도 않은 병명에 온갖 서사를 갖다 붙이며 나의 과거를 캐묻던 그의 모습은 끔찍했다. 감기인 줄 알았던 병을 폐암으로 판정받은 기분이었다.

누구나 기분이 좋을 때가 있고 좋지 않을 때도 있다. 그런데 내가 열 번의 평온한 모습을 보이다가 어쩌다 한번 불편한 감정을 표시할 때면 그는, "네가 우울증이라서 그래"라는 말로 받아쳤다. 숨이 턱 막히는 기분이었다. 어떤 말로도 이길 수 없는 느낌이랄까. 그 말 한마디를 이기지 못해 짧은 연애를 끝냈다. 다음 연애도, 그다음 연애도, 비슷하게 흘러갔다. 우울증 이야기는 꺼내지도 않고, 불면증이 있어서 정신 건강 의학과 상담을 받고 있다는 말만 해도 도망가는 남자들이 많았다. 내 이야기를 듣고 의사 선생님은 말씀하셨다. 아예 그런 말을 하지 말라고. 그런데 나는 아무렇지 않은 얘기 중 가장 아무렇지 않은 얘기를 하나 꺼낸 것뿐인데. 그리고 수면 장애로 약을 먹는 사람들이 얼마나 많은가.

그래, 답은 안다. 그들이 나를 사랑한 깊이가 얕기 때문이다. 사랑이라고 표현하는 것도 거창하다. 나에 대해 알아가려고 노력한 정도가 한없이 가벼웠기 때문이다, 라고 정정한다.

사실 우리 가족들도 이해하지 못하는 내 마음의 고통을 완전한 타인에게 설득시킬 순 없다. 내가 우울증 약을 먹는 것은 원래 친언니들만 알고 있었다. 그러다 엄마에게 들켰다. 언니가 엄마와 통화하던 중 별생각 없이 얘기하다가 나온 모양이다. 언제든 밝혀졌을 일이었으니 언니들이 원망스럽지는 않았다. 다만 나를 낳아 준 엄마조차도 나의 이런 상태를 이해하지 못할 것을 이미 알고 있었다.

병원에 다니기 전, 엄마에게 작은 신호를 보낸 적이 있다.

"엄마, 나 우울해."

컴퓨터 앞에 앉아 모니터에 집중하고 있던 엄마는 말씀하셨다.

"네가 바빠 봐라, 우울할 틈이 있나."

그래, 엄마는 늘 긍정적이고 바쁘게 사시는 분이라 이해하지 못하시는 것이다. 나는 그렇게 엄마를 이해했다. 그 뒤로 나는 점점 내 상태에 대해서는 입을 닫았다.

미디어에서 극단적인 선택이나 사고를 저지르는 사람들이 심신미약이거나 혹은 정신 건강 의학과 치료를 받고 있었다는 것에 주목하는 경우가 있다. 그러한 시선들이 아직도 정신 건강 의학과에 대한 편견과 치료를 받고 있는 사람에 대한 선입견을 갖게 한다. 그래서 마음이 아파 치료를 받고 있는 이들은 점점 자신을 숨긴다. 정당하게 화를 낼 수 있는 상황에서도 오해를 받을 수 있으니까. 다른 사람들도 저지를 수 있는 일인데도 특별 감시 대상이 될 수도 있으니까.

'네가 우울증이기 때문에.'

'너는 우울증이라서 지금 감정 조절이 어렵기 때문에.'

라는 뉘앙스의 말을 들을 때마다 설명할 수 있는 단어들은 부족하고 가슴은 답답했다.

내가 화를 내고 예민하게 행동했던 것은, 우울증 때문이 아니었다. 우울증은 그렇게 비구조적이지 않다. 사회를 살아가는 대부분의 사람들이 그렇듯, 주변 환경이 평화롭고 아무 일도 일어나지 않는데, 아무도 나를 건드리지 않는데, 혼자 갑자기 화를 내는 것이 아니다. 우울증이 그렇게 비구조적이거나 충동적이기만 한 거라면 약과 치료법이 왜 나왔겠나. 그리고 나는 아주 이성적으로 내 기분이 이상하다는 것을 인지했고, 합리적이고 과학적인 현대 의학의 힘을 빌려 치료까지 성실히 받고 있다. 그러니 논리적인 자기주장에도 '우울증 환자라서'라는 식의 프레임은 억울하다.

나는 종종 우울하다. 그럼에도 마음속으로는 열심히 살아내고 싶다고 생각하는 사람이다. 내가 화가 났던 이유는 그 상황 때문일 뿐, 우울증과는 관계없다. 하지만, 내 주변은 이런 나의 상황을 제대로 받아들이지 못했다.

그렇게 나는 혼자가 편해졌다.

이름에 별이 보여야 돼

: 개명을 했다

"정○○님, 약 나왔어요."

멍때리고 있다가 또 놓칠 뻔했다, 내 이름.

나는 이름이 여러 개다. 옛날 것(?)까지 하면 4개다. 한 번의 개명과 두 번의 배우 활동명 변경이 있었다. 모두 스물아홉이었던 작년, 단 1년 사이에 이루어진 일이다.

"지금 이름은 악만 쓰는 이름이야, 연습하다가 네 목만 아픈 이름. 이름에 별이 보여야 돼. 그래야 잘 돼."

용하다고 소개받은 점집에 들어서자마자 이름에 별이 안 보인다고 했다. 긴 머리를 곱게 땋아 오른쪽으로 내린 점쟁이님(?)이 내 눈을 매섭게 바라보며 말하자 아무렇지도 않던 목이 갑자기 칼칼하게 아파 오는 것 같은 느낌이었다. 그 자리에서 이름을 바꾸겠다고 했다. '개똥이'라는 이름을 줘도 바꿀 생각이었다('개똥이'라는 이름을 가진 분들을 비하하는 것이 아니다).

마음이 불안하면 보이지 않는 것에도 의지하려고 하는 게 사람이다. 불안한 마음을 조금이라도 줄여 보려고 누군가의 영적인 촉에 의지해 보고자 했다. 그래서 나의 장점이자 단점인 빠르고 강한 추진력으로 좋지 않다는 이름과 휴대폰 번호를 모두 변경해 버렸다. 어쩌면, 그 당시의 나는 모든 걸 바꾸고 싶었는지도 모른다.

개명 신청은 한 줄로 승인될 만큼 간단했지만, 그 후에 할 일이 많았다. 각종 은행, 카드, 휴대폰 등의 명의 변경도 번거로웠지만 나를 아는 사람들에게 바뀐 이름을 알리고 이제 바뀐 이름으로 불러 달라고 요청하는 것도 만만치 않은 일이었다. 또, 굳이 본명과 예명을 나눠 쓰는 게 좋다고 해서 새롭게 지은 본명과 함께 또 새롭게 받은 예명까지 갑자기 이름이 두 개가 됐다. 덕분에 나까지 헷갈리게 됐다.

어느 것 하나 익숙하지 않았지만 새로운 이름으로 새로운 인생을 꿈꾸며 내린 결정이기에, 나는 새 이름에 적응하기 위해 나름 다양한 노력을 했다. 그중 하나가 '녹음기 방법'이다.

"연지야. 연지님. 연지 배우님!"

바꾼 이름을 다양하게 불러 녹음한 후에 틀어 놓는 방법인데, 처음에는 굉장히 민망한 작업이지만 제법 빨리 익숙해진다. 이름은 내 것이 됐지만, 그냥 가만히 가지고 있는 것보다 불러 주는 것이 더 중요하다고 했다. 그래서 녹음된 파일에서 나의 새 이름을 부르는 내 목소리가 들릴 때마다 민망함을 무릅쓰고 고개를 끄덕이며 대답했다.

"그래, 내가 '연지'다."

지금 생각하면 조금 웃기지만, 그때는 누군가가 바뀌기 전의 내 이름을 부르면 꼭 정정해 주었다. 친한 사이인 경우, 새 이름인 '연지'라고 부르지 않으면 대답도 안 했다. 그렇게 하다 보니, 새 이름이 그럭저럭 익숙해지고 있는 것 같다. 이제는 아직도 옛날 이름을 부르는 아빠를 지적하지 않고 넘어갈 정도로 관대(?)해졌다.

쏟은 정성만큼 체감할 만한 어떠한 변화가 있었냐고 묻는다면, 사실 모르겠다. 옛날 이름이 낯설어지긴 했는데, 그렇다고 지금 이름도 툭 튀어나올 정도로 익숙하진 않다. 그저, 내가 개명과 예명을 받아들인 것은 미래의 내게 떳떳해지고 싶었기 때문이다. 이름 때문에 잘 안 풀렸다는 자기 위안은 하기 싫어서. 그런 자기 위안으로 느슨해지는 게 싫어서. 그래서 그런 변명마저도 할 수 없도록 내가 할 수 있는 모든 것을 다 하고 싶었다.

자격지심 덩어리예요

: 근데 그렇게 말하는 건 좀 아니잖아?

우리 가족 중에서 아빠와 나만 술을 마신다. 그래서 본가에 갈 때마다 아빠와 대작을 한다. 어느 날 아빠는 내 귓불을 만지며 말했다.

"너는 귀가 나 닮아서 인복이 없어. 그러니까 한 개 받으면 두 개, 두 개 받으면 열 개 주면서 인맥을 쌓아야 해."

"아빠, 요즘은 그걸 호구라고 해."

아빠와 닮은 거 인정. 인복 없는 건 모르겠으니 패…스라고 하기엔 친구가 별로 없구나. 그래, 난 친구가 별로 없다.

혼자 손가락을 펴서 세어 본 적이 있다. 내 결혼식에 부를 친구들. 아, 물론 그 전에 남자가 있어야겠지만. 아무튼 쉽게 손가락이 접어지지 않았다. 집순이인 것 빼고 특별히 모난 것도 없는(것 같은)데 왜 친구가 없을까. 생각해 보면 손절이라는 것을 많이 했다. 연기를 막 시작했을 때, 내 자격지심 때문에.

대학 친구들이 모여 수다를 떨던 단체 대화방이 있었다. 그때 내가 스물셋이었으니까, 한창 연극을 하겠다며 나대느라 가족들과도 사이가 안 좋았던 때였다. 하지만 대학 친구들은 그런 나에게 어떤 말도 하지 않았다. 왜 조언이나 걱정, 혹은 위로나 기타 등등등 있지 않은가. 그중 어떤 것도 말하지 않았다. 어쩌면 아무 말도 하지 않는 게 나에 대한 배려라고 생각해 준 것 같아 고마웠다. 그런데 지금 생각해 보면 그냥 본인들 일이 더 바빴던 것 같기도 하고….

대개 단체 대화방에서는 참여한 구성원의 캐릭터마다 특징이 있다. 채팅방을 자기 브이로그하는 것처럼 쓰는 애, 브이로그 친구에게 가장 리액션 좋은 애, 읽고 씹는 애, 한참 후에 읽고 반응하는 애, 읽지도 않는 애.

평소 휴대폰을 잘 보지 않는 나는 그날 좀 늦게 단체 대화방을 확인했다. 채팅방 메시지는 100개가 넘게 쌓여 있었다. 읽지 않은 부분부터 쭉 읽어 내려갔다. 손가락으로 휴대폰 화면을 쓸며 내용을 확인하다가 한 부분에서 우뚝 멈췄다.

- 연지는 연기 그거 아직도 하냐?

유독 크게 확대되어 내 눈에 박혀 버린 글자가 있었다. 바로, '그거', '아직도'. 이 표현에 내 눈빛이 순식간에 차가워졌다. 다른 사람은 몰라도 너는 이따위로 말하면 안 되지, 라는 생각이 들었다. 아직도 하냐는 연기, 그래 그거, 그 연극에 초대까지 했었던 친구였다. 남자 친구와 함께 와서 공연 잘 봤다는 말도 없이 데이트 코스로만 활용했던 그 친구. 켜켜이 쌓인 서운함이 말 한마디에 폭발했다. 서운하다는 의사 표현을 했는지 아무 말도 하지 않았는지 기억나지 않지만, 그날 단체 대화방을 나왔다. 그렇게 그 친구도 나도 어떤 대화 없이 서로를 손절했다. 그래서 편입하기 전 다녔던 첫 번째 대학교 때 함께 어울렸던 친구는 지금 한 명밖에 남지 않았다. 그때는 손절이 당연했던 정당한 서운함이었지만 이제와 생각해 보니 좁디좁았던 내 마음 때문에. 어쩌면 내 자격지심 때문에.

하지만 자격지심이 마냥 내 살을 깎아 먹고만 있지는 않다. 이 자격지심은 성취 욕구, 누가누가 오래 버티나에 대한 자극도 줬다. 연극을 할 때, 동료 배우들의 학력은 중앙대 연극영화과, 동국대 연극영화과 등 연기 관련 전공 중에서도 알아주는 학력의 배우들이었다. 그 당시는 어디만 가면 학교를 물어보는 경우가 꽤 많았는데, 그럴 때마다 나는 괜히 작아졌다. 그래서 11학번이 15학번이 되기 위해 다시 입시 준비를 했다. 원서를 몇 군데밖에 넣지 못했다. 시험 보는 것조차 돈이라서. 구질구질하지만 그렇게 살았다. 아무튼 그래서 딱 세 군데 넣었다. 그리고 한 군데 붙었다. 그런데, 그 한 군데가, '전문대 졸업자 전형'으로 거의 100퍼센트 합격이 가능한 곳이었다. 그러니까, 보험처럼 넣어놨던 곳이다. 합격은 했지만 자격지심이 없어지지는 않았다. 아니, 오히려 더 생겼다. 내 실력으로 붙은 곳이 아니라는 생각이 바퀴벌레처럼 알을 까고 다녔다.

입학금을 넣고 나서도 고민은 계속되었다. 자격지심은 이미 나에게서 떨어지지 않고 꽉 매달려 다녔고, 그와 함께 연극영화과 1학년 때는 외부 활동을 해서는 안된다는 암묵적

조건이 나를 계속 옭아맸다. 돈 벌어야 하는데, 알바까지 못 하게 하다니…. 이러다 학교가 아니라 서울에서 쫓겨나게 생겼다는 생각에 결국 학교를 자퇴했다. 그래도 양심은 있어, 누군가 연기 전공했냐고 물어보면 '놉'이라고 대답한다.

자격지심自激之心은 '자신이 이룬 일의 결과에 대해 스스로 미흡하게 여기는 마음(표준국어대사전 발췌)'을 말한다. 자격지심의 격激은 '물결이 부딪쳐 흐르다, 부딪치다'라는 뜻 외에 '심하다, 격렬하다, 과격하다'와 같은 뜻도 함께 갖고 있다고 한다. 그러니까 자격지심은 스스로 부딪치는 마음, 즉 자기 자신이 자신을 괴롭힌다는 뜻이 된다. 세상살이도 힘든데 내가 왜 나를 괴롭힐까.

가진 것을 더 내어 주며 사람을 얻으라던 아빠의 말이 맴돈다. 여전히 그 말에 동의할 수 없다. 일단 나는 가진 것이 별로 없기 때문이다. 그렇지 않아도 가진 게 없는데 다 내어 주고 나면 나에겐 뭐가 남는단 말인가. 그리고 무엇보다, 사람을 얻는 방법은 내가 마음이 충만한 사람이 되는 것밖에 없다는 걸 알게 됐다. 쓸데없는 자격지심으로 누군가의 한마디 말에, 누군가의 의미 없는 표정에 실망하고 화내고 싶지 않다. 타인을 향한 실망과 분노는 결국 나에게 돌아온다.

귓불을 만지며 생각한다. 건강한 자격지심을 가져 보자고. 나 자신을 구박하고 괴롭히면서 스스로 더 성장할 수 있는 시간들을 놓치지는 말자고. **남이 하는 한마디 한마디에 울컥하지 말고, 그냥 흘려보내며 나를 더 업그레이드하자고 말이다.**

당신에게도 대나무 숲이 있나요?
: 글을 쓴다는 것

매년 다이어리를 산다. 큰 서점에 가 한두 바퀴 돌며 아이쇼핑(?)을 한 후 문구 센터에 가 본다. 다시 몇 바퀴를 돌며 새해에 새로운 마음가짐으로 쓸 다이어리를 고른다. 엄청 심혈을 기울인다. 1년을 쓸 거니까. 마음에 드는 디자인과 색상의 다이어리를 찾으면 1년을 잘 보낼 수 있을 것 같은 기분이 든다. 고심 끝에 산 다이어리는 모서리 부분이라도 뭉개질까 봐 아기처럼 안고 집에 간다. 집에 도착하자마자 다이어리를 조심스럽게 펼친다. 각각의 색상을 뽐내는 예쁜 펜들도 쭉 나열한다. 자, 기념일부터 체크를 시작하자. 오늘은 쓸 게 없으니까.

하루, 이틀…. 조심스럽게 펼친 그 다이어리는 열흘도 채 쓰지 못한다. 술 먹고 썼는지 점점 갈겨 쓴 글씨와 오늘의 일이 아닌 그제의 일을 숙제처럼 쓰는 나를 보며 '역시 다이어리 쓰는 것도 근성이군' 하며 어딘가에 처박아 둔다. 그렇게 어딘가에 처박혀진 다이어리를 세 보면 다섯 손가락은 족히 넘을 것이다. 그런 내가 이렇게 긴 글을 쓴다는 것은 상상도 못 할 일이었다. 하루 몇 줄의 일기도 못 쓰면서 무슨 글이람. 하지만 나에게도 대나무 숲은 필요했나 보다.

언니를 통해 글 쓰는 플랫폼을 알게 되었다. 거기서 글을 쓰려면 작가 신청을 해야 한단다. 작가 신청은 신청서에 내가 어떤 사람인지, 그리고 어떤 글을 쓸 것인지 작성한 뒤, 그동안 써 놓았던 글을 첨부하는 방식이었다. 며칠 뒤, 떨어졌다는 메일이 왔다. 어느 정도 예상한 바였지만 오기가 생겼다. 나에게 떨어지는 일이란, 연기 오디션 혹은 로또 당첨에서만 허용되는 거였는데…. '글 좀 쓰겠다는데 떨어뜨려?' 라는 오기가 들었다. 그래서 생각을 조금 더 정리하고 글도

더 많이 다듬어 두 번째 신청을 했다. 며칠 뒤 메일함에는,

- 축하합니다. 작가가 되셨습니다.

라는 글이 도착해 있었다. 이게 뭐라고 눈이 초롱초롱해지며 잔뜩 들떠서 노트북 화면을 캡처했었다. 나도 이제 글을 써서 '발간'이라는 것을 할 수 있는 것이었다. 발간을 하면 내 글을 나뿐만 아니라 다른 사람들도 볼 수 있고 소통도 할 수 있었다. 마치, 열린 대나무 숲 느낌이랄까.

내가 열어 놓은 대나무 숲에서는 사람들이 나를 '작가님'이라고 부른다. 그 플랫폼에서는 대부분 그렇게 부르지만 '작가님'이라는 말을 들을 때마다 여간 마음이 근질근질한 게 아니다. '배우님' 아니면 '쌤'으로만 불렸는데 작가라니. 분명 광대가 올라가는 일이었다.

내 대나무 숲에 본격적으로 내 이야기를 써 본다. 일기보다 나만의 메시지가 조금 더 담긴 어떤 다짐의 글. 얼마 후, 첫 댓글이 달렸다. 배우님을, 작가님을 응원한다고. 나를 응원한다는 댓글들이 달린 것을 보며 가슴이 몽글몽글 따듯해지는 게 느껴졌다. 그렇게 익명의 누군가들에게 큰 힘을 받

았다. 내 대나무 숲은 대부분 아픈 기억, 좋지 않았던 경험을 털어 내는 곳이기에 우울할 만도 한데, 사람들은 '내 잘못이 아니다'라며 나를 감싸 주었다. 보이지 않는 이들의 위로에 가끔 눈물이 차오르기도 했다. 그렇게 책상에 앉아 노트북을 켜고 키보드를 두드리는 날이 10일을 훌쩍 넘어 100일도 훨씬 넘었다.

나는 나에게 있었던 안 좋은 일들은 털어내고, 좋은 일들은 하나라도 더 기억하고 싶어 글을 써 보기로 했다. 우울증에 좋은 방법이라고 의사 선생님이 알려 주신 것도 아니었고, 돈을 주겠다며 누가 써 달라 한 것도 아니었다. 그랬다면 하나의 과제로 느껴져 쓰기 싫었을 것이다. 그저 온전히 나를 위해서, 하얀 창에 깜박이는 커서를 움직였다.

책을 많이 읽는 편은 아니지만, 살면서 책의 도움을 많이 받았다. 위로가 필요할 땐 나보다 더 힘든 삶을 살아 낸 저자의 에세이를 읽고, 재미없는 인생에 친구가 필요할 땐 추리소설을, 열심히 살고 싶은 자극이 필요할 땐 자기계발 서적 매대 앞을 어슬렁거렸다. 내 상황에 맞춰 책을 찾아 읽은 셈이다. 책에 답이 있다는 말이 있는 것처럼 독서는 중요하다고 생각한다.

그리고 읽는 일과 더불어 쓰는 일은 더욱더 추천할 만한 일인 것 같다. 끄적끄적거리며 쓰다 보면 느낀다. 뭔가 정리되는 느낌. 뭔가 선명해지는 느낌. 혹시 그런 적 있지 않은가? 친구에게 고민을 이야기하다가 내가 원하는 답을 찾거나 혹은 갈팡질팡하던 일에 시원한 결정을 내린 경험. 이야기를 들어 주던 상대에겐 '답정너'라 불릴 수 있지만 말이다. 하지만 말을 하다 보면 알게 된다. 내가 진정 원하는 것을. 내가 해야 하는 선택을.

아, 한 가지 얘기하자면 나는 말을 잘하지 못한다. 배우가 말을 못 해서 어떡하냐 걱정하시겠지만, 그래도 어쩌겠는가. 이렇게 생겨 먹은 것을. 아무튼 말을 조리 있게 하지 못하겠다. 말을 잘하고 싶다고 마음을 먹으면 먹을수록 여기서 새고 저기서 새고 헛소리가 나온다. 그러다 보니 말을 아끼게 되었다. 사적인 자리에서 대화를 하다 보면 주도권을 뺏기기 일쑤라, 늘 내 이야기보따리는 동전 가득한 저금통처럼 무거웠다. 차곡차곡 쌓여 내 마음 한쪽에 턱 하니 놓여 있었다. 어떻게 빼내야 할지 알 수가 없었다.

그런데 쓰다 보니, 저금통 한쪽을 뚫어 동전을 하나씩 빼내는 것 같이 점점 마음이 가벼워졌다. 빼낸 동전으로 자판기에서 탄산음료를 뽑아 한 번에 들이켠 것 같이 상쾌해졌다. 말로 다 할 수 없었던 이야기들을 글로는 얼마든지 쓸 수 있었다. 말로 했다면 밤에 누워 했던 말들을 되뇌며 전전긍긍했을 텐데, 글은 쓰고 나서도 뒷맛이 찜찜하지 않았다. "얜 뭐지?" 싶은 헛소리를 해도 쪽팔리지 않았고, 누군가에게 말이 끊겨 똥 싸다 끊고 나온 것 같은 느낌도 들지 않았다. 그야말로 신세계였다. 거기다 마음을 청소하는 느낌이랄까. 대충 집어넣어 놨던 기억들을 깨끗이 닦고 다림질해 예쁘게 '마음' 상자에 넣어 놓는 느낌이었다. 외면했던 안 좋은 기억도 용기 내어 먼지를 털고 '경험'이라는 상자에 넣을 수 있다.

그래서 글쓰기 초보인 내가, 감히 주변 사람들에게 글 쓰는 것을 추천한다. 나는 악필에 꾸미는 것도 못해 다이어리에 일기 쓰는 것은 포기했지만, 다이어리든, 수첩이든, 어디든 상관없다. 시원하고 상쾌한 혼자만의 내나무 숲을 갖고 싶은 분들에게 글을 쓰는 것을 추천한다. 내 생각을 드러내는 일이 쉬운 것은 아니지만, 누군가와의 소통을 원하는 분이라면 혼자 쓰는 글에서 멈추지 말고 쓴 글을 공개적으로 공유하는 것까지 나아갔으면 좋겠다. 어떤 플랫폼이든 상관없다. 글을 쓴다는 것은 나라는 인간을 완전히 드러내는 일이다. 그래서 쉽지 않다. 하지만 한 번 정도는 시도해 보면 좋겠다.

글을 쓴다는 이 작은 용기가 상처에 반창고를 붙여 주고 따듯한 손길로 등을 쓰다듬어 줄지도 모른다. 그래서 **나는 당신에게도 이런 대나무 숲이 있었으면 좋겠다.**

우울해 죽겠는데 운동하라고요?

: 몸을 움직여 마음을 움직인다

우울증 약을 먹는다고 곧바로 기분이 날아갈 듯 좋아지는 것은 아니다. 그저, 약은 액체 괴물처럼 땅바닥에 붙어 있던 몸을 움직일 수 있는 최소한의 힘을 준다. 우울증이 기승을 부리면 씻는 것도, 옷을 갈아입는 것도 어려운 일이었기에 그 힘은 꽤나 큰 것이었다.

한창 우울증이 심했을 때는, 내 인생이 흑백사진과 같다고 생각했다. 아무 색깔도 표정도 없이 멈춰 있는 흑백사진. 약을 빼먹거나 못 먹은 날이면 어김없이 악몽을 꾸거나 편하게 잠들지 못했다. 그래서 무슨 일이 있어도 약은 절대 빼먹지 않았다. 그 덕인가, 나는 많이 좋아진 것 같았다. 실제로 병원에 가는 횟수가 줄었고, 먹고 있던 약도 서서히 줄어들고 있었다. 그렇게 나는 우울증에 지지 않으려고 꾸준하게 열심히 치료를 받았다. 죽고 싶다는, 세상에서 사라지고 싶다는, 그 강렬했던 생각이 제법 많이 흐릿해지고 있었다.

몇 번째 상담 날이었는지 모르겠다. 선생님과 마주한 지 벌써 2년이 넘었고 내 나이 앞자리가 바뀌어 있던 어느 날이었다. 의사 선생님은 나에게 작은 시도를 권하셨다. 바로, 운동. 필라테스 강사로도 일하고 있던 나는 헛웃음을 지으며,

"선생님, 저 거의 매일 수업하면서 운동해요."

라고 말했다. 선생님은 인자한 미소로 답했다.

"다른 사람 가르쳐 주는 거 말고, 본인 운동이요."

아, 내 운동…? 그래, 막상 생각해 보니 '나'를 위해 운동하는 시간은 따로 없었다. 사실 수업할 때 회원들에게 잠시 동작을 보여 준 후에는 거의 '입'으로 운동한다고 볼 수 있다. 내 몸에만 집중하는 시간은 없었던 것이다. 선생님이 덧붙여 말씀하셨다. 우울증이 심해 입원한 사람들은 낮에 누워

있지 못하게 하고, 침대 등받이를 세워 앉아 있게 하거나, 일어서서 몇 발짝이라도 걷게 한다고 말이다. 그런 식으로 어떻게든 몸을 움직이게 하는 것이 치료의 한 과정이라고 하셨다. 그 말을 들으니, **몸을 움직이는 것이 마음을 움직이게 하는 방법인가 하는 생각이 들었다.** 일단, 도전해 보기로 했다.

늘 그렇듯 필요성을 느껴도 실천은 어렵다. 뭘 해 볼까. 사실 예전부터 관심 가졌던 것은 있었다. 바로 춤이다. 나는 나름 댄스 동아리 출신이다. 그래서 호기롭게 댄스 학원에 등록한 적이 있었는데, 나의 관절이 예전 같지 않다는 걸 느끼고 더 이상 도전하지 않았다. 운동하는 사람이 춤 좀 안 췄다고 무슨 관절 타령이냐고 할 수도 있지만, 운동과 춤은 엄연히 다른 관절과 근육을 사용한다. 아무튼 댄스 동아리 출신이라는 어릴 적의 하찮은 경력만 믿고 댄스 학원에 갔다가 제대로 따라가지 못했던 경험이 있었다. 그리고 요즘 댄스 학원은 대부분 어린 친구들이 많이 다녀서 그 사이에서 춤을 추는 것이 민망하게 느껴졌다. 그랬던 날들이 떠오르니 선뜻 다시 댄스 학원에 가겠다는 결심을 할 수가 없었다. 며칠 동안 댄스 학원 여러 군데를 알아보며 고민했다.

이왕 몸을 움직여야 한다면 내가 하고 싶었던 것, 그리고 조금이라도 신나는 것을 해 보고 싶었다. 그러다 감당할 수 있을 정도의 가격으로 개인 레슨을 하시는 분을 찾았다. 그래, 한번 해 보자. 그런데 막상 1회 강습비를 입금하고 나서는 살짝 후회가 됐다. 나는 일부러 더 씩씩하게 마음을 달랬다.

'그래, 1시간이야. 개인 레슨인데 창피할 것도 없잖아?'

그렇게 예약한 날이 왔다. 그런데 시작부터 고민거리가 생겼다.

'아, 뭘 입어야 하지?!'

선생님이 편하게 입고 오라고 하셨는데 편하게 입는 게 뭔지 감이 오지 않았다. 나도 필라테스 수업을 처음 듣는 분들이 복장에 대해 물으면 같은 말을 했다. 새삼 '편한 복장'이란 게 참 어려운 말이구나, 를 느끼며 반성이란 걸 하게 됐다. 편한 옷 중 고민한 끝에 거의 유일하게 무릎이 안 튀어나온 트레이닝 바지를 찾아 입었다. 혹시라도 오랜만에 갑자기 격하게 운동하다가 실례라도 할까 봐 밥도 안 먹었다. 그렇게 가벼운(?) 몸으로 지하철을 탔다. 레슨을 받을 연습실은 실제로 가까웠는데 체감 시간은 더 가깝게 느껴졌다. 왜 이렇게 일찍 도착해 버렸지. 수업 시간 10분 전, 연습실 앞에 도착했지만 괜한 뻘쭘함에 정각에 맞춰서 들어가려고 밖에서 서성거렸다. 그때, 굉장히 힙한 차림새의 남자분이 걸어왔다. 딱 봐도 댄스 선생님이시구나 싶었다. 선생님은 약간은 시크하게 날 안내해 주셨고 전면 거울이 있는 연습실로 함께 들어갔다.

수업은 스트레칭으로 몸을 풀고 난 후에 안무를 익히는 순서로 진행된다고 하셨다. 늘 운동을 시켜 주던 입장에서 수업을 받는 입장이 되니 느낌이 이상했지만 나쁘지 않았다. 내 회원들이 이런 기분으로 내 수업을 받을까. 묘하게 재밌다는 생각까지 들었다.

간단한 스트레칭 후 안무를 배울 시간이 됐다. 〈세뇨리따〉라는 팝송 들어보셨는지 모르겠다. 학원을 등록하면서 상담을 했을 때, 어떤 안무를 배우고 싶냐는 선생님의 말씀에 열심히 SNS를 찾아보며 골랐던 곡이다. 너무 빠르지 않은 템포에 안무도 보기에 너무 어렵지 않았었다. 허허, 보기에는 말이다.

"원, 투, 쓰리, 포! 돌아서 파이브, 식스, 세븐, 에잇."

숫자를 세면서 박자에 맞춰 동작을 알려 주시는데 뻣뻣한 몸과 다음 동작을 자꾸만 까먹는 내 모습에 마스크를 써야 하는 현실이 처음으로 감사했다. 로봇이라면 이렇게 춤을

출까. 남자인 선생님이 나보다 더 요염하고 섹시해 보였다. 비교되는 춤사위에 마스크 안에서 피식 웃음을 흘렸다. 그게 시작이었다. 그렇게 피식 첫 웃음을 흘린 이후 나는 빵빵 터졌다. 그렇게 걱정했던 1시간이 훌쩍 가고, 다음번에도 이 경험을 또 해 보고 싶다는 생각이 들었다. 그날 후렴 안무만 배우는데도 다 끝내지 못해 너무 아쉬웠다. 곧장 다음 레슨 예약을 잡았다. 그렇게 일주일에 한 번, 거울 앞에서 스스로에게 재롱을 선보이는 시간을 가지게 되었다. 나에게도 진짜 취미가 생긴 것이다.

마음이 아픈 사람에게 '움직이는 일'이란 정말 쉽지 않다. 일단 몸이 마음대로 움직이지 않는다. 심할 때는 화장실 가고 싶은 것도 참고 그저 누워만 있었던 나다. 그런 내가 전신을 흔드는 춤이라니. 결코 쉽지 않다. 그럼에도, 조금이나마 시도할 수 있는 여력이 생긴 분들에게 꼭 운동을 병행하라고 권하고 싶다. 돈을 들여 배우지 않아도 좋다. 그냥 동네 산책 정도여도 충분하다. 그것도 귀찮다면 분리수거라도 하러 잠깐 나갔다 오길. "누가 누구에게 조언해"라고 할 수 있다. 나는 여전히 우울증 약을 먹고 상담을 받으러 다니는 사람이니까.

그저, 나와 같은 사람에게 조금이나마 도움이 되었으면 해서, 마음이 아픈 이들이 지금보다 덜 아프길 바라서 오지랖을 부려 본다.

지금 여기 오늘의 행복을 미루지 말 것
: 감사한 것들 찾아보기

우울증 약을 늘렸다. 괜찮아지는가 싶더니, 또다시 무기력해지고야마는 내 모습에 이젠 내가 질려 버린다.

본가에 꽤 오랫동안 내려가 있던 어느 날, 침대에 멍하니 누워 있는 나를 본 언니가 상담만이라도 받아 보라며 병원을 추천해 줬다. 진료실에는 엄마와 함께 들어갔다. 그런데 어쩌다 보니 엄마부터 진료를 받게 됐다. 엄마는 수십 년 동안 눈알이 빠질 것 같은 두통이 두 달에 한 번꼴로 있었고,

자다가 가슴 통증으로 깨는 증상이 있었다고 한다. 딸인 나도 몰랐던 증상이었다. 엄마의 증상을 들은 의사 선생님은 그것을 '화병'이라 말했다.

문득 엄마의 벌어진 앞니가 생각났다. 아빠가 힘들게 할 때마다 혀로 앞니를 밀어내며 입을 꾹 다무는 버릇 때문에 벌어져 버린 그 앞니. 그 앞니가 참 슬프다, 라는 생각을 하던 찰나였다. 이번엔 나에게 질문이 왔다. 엄마가 신경 쓰여 더듬더듬 증상을 말하기 시작했다. 내가 말하는 것을 차분히 살피며 듣고 계시던 선생님은 다시 한번 질문을 던졌다.

"혹시 충격적인 사건을 보거나 당한 적이 있나요?"

살면서 충격적인 일 한 번 안 겪어본 사람이 있을까 싶기도 했지만, 순간 불쑥 튀어나온 장면이 있긴 했다. 하지만 엄마가 옆에 있어 대답이 망설여졌다. 조심스럽게 그렇다고 했다. 의사 선생님은 우리 모녀의 생활 패턴도 세세히 물어봤다. 엄마는 불면증은 없다고 했다. 나는 어렸을 때부터 불면 아닌 불면이 있었다. 보통 밤에 이루어졌던 요란한 부부 싸움. 싸움이라고 하지만 대개는 한 명의 일방적인 분풀이였던 험악했던 상황은 고요한 새벽까지 내 심장을 요동치게 만들었다. 어린 나는 뜬 눈으로 까만 밤을 지새웠다. 아침이면 까치발을 들고 움직이며 조심스럽게 등교 준비를 하고 숨죽인 채 학교에 갔다. 내 소리에 아빠가 일어날까 봐, 또다시 시끄러워질까 봐, 말릴 사람도 없는데 두 분이 또 크게 싸우실까 봐.

불안하고 두려웠던 시간들 속의 내 모습을 엄마도 그때 알게 되셨을까. 의도치 않은 가족 상담에 눈물이 날 뻔했던 것을 겨우 참았다. 괜히 입술을 깨물고 시선을 이리저리 돌리고 손을 꼬집으며 필사적으로 눈물을 막았다. 의사 선생님의 결론, 내 우울증의 원인은 'PTSD'였다. '외상 후 스트레스 장애'라고 알려진 이 병이 원인이라고 했다. 그리고 지금 나의 현실과 내가 도달하고자 하는 이상의 괴리가 너무나 큰 것도 우울감의 원인이라고 했다. 목표 기준이 너무 높다는 말이다.

그러고 보면 어려서부터 꿈이 컸다. 하고 싶은 것은 다 이룰 수 있다고 생각했고 원하는 것을 바라면 누군가 들어줄 거라 믿었다. 밤마다 했던 기도의 주제는 우리 가족 화목하게 해 달라는 것이었지만 내 기도는 끝내 이루어지지 않았다. 불행했던 어느 날, 보이지 않는 신들을 절대 믿지 않으리라 다짐했다. 대신 내 꿈을 이뤄 스스로 행복을 찾아야겠다고 생각을 바꿨다. 그렇게 되기 위해서는, 내 행복을 스스로 찾기 위해서는, 조건이 있었다. 어른이 되어, 본가를 떠나, 서울로 가야 했다. 그래서 어떻게든 서울에 왔다. 그런데 내가 찾던 행복은 자꾸만 미뤄졌다. 배우가 되면, 일거리가 많아지면, 돈 걱정 없이 살게 되면…. 행복이 하나의 목표가 되었고 나는 그 목표를 향해 앞만 보고 달렸다. 현실은 중요치 않았다. 미래에 맞이할 큰 행복을 위해 초조한 마음으로 그저 현재의 나를 재촉할 뿐이었다. 노는 것도 사치였다. 마음의 여유가 있는 사람들이나 해외여행 가서 사진도 찍고, 콘서트 가서 뛰어노는 것도 할 수 있는 거라고 생각했다. 그렇게 홀로 기약 없는 다음을 만들어 냈다.

이런 내 성격이, 우울증에 한몫했구나 싶었다. '소확행'이라는 말은 나와 참 거리가 멀었으니 말이다. 소소한 것에는 만족을 못 하고 '지금'을 늘 흘려보냈던 나를 돌아보았다.

그렇게 상담을 받고 집으로 돌아왔다. 씁쓸하면서도 조금은 편안해진 마음으로 휴대폰을 켰다. 유튜브 알고리즘은 참 신기하다. 우울증을 검색하지도 않았는데 '돈 안 들이고 우울증 고치는 최고의 방법'이라는 영상이 나를 이끌었다. 클릭을 하지 않을 수 없지. 자세를 바로잡고 정신 건강 의학

전문의인 유튜버가 하는 말을 끝까지 들었다. 돈 들이지 않고 우울증을 고칠 수 있는 효과적인 최고의 방법 중 하나는 바로 '감사 일기'를 쓰는 것이었다.

'감사할 게 있어야 감사하지.'

라고 입을 삐죽거리면서도 침대 머리맡에 수첩을 하나 뒀다. '감사 일기'라는 걸 어떻게 쓰면 되나 봤더니, 매일 밤 잠들기 전, 감사한 것을 세 가지 정도 쓰면 된다고 했다. 딱히 어려워 보이지는 않았다. 그래서 호기롭게 앞으로 100일 동안 하루도 빠지지 않고 써 보자고 결심했다.

분명 어려운 일은 아닐 거라고 생각했는데…. 세상에, 처음엔 정말 쓸 게 없었다. 뭐, 공기가 있어 감사하다는 말이라도 써야 하나. 나는 서술형 시험지를 받은 학생처럼 머리를 쥐어짰다. 내가 이리도 감사할 줄 모르는 사람이었나 싶고, 내 일상에 어떤 이슈가 없었는데 뭘 적어야 하나 싶기도 했다.

그래도 100일 동안 써 보기로 스스로와 약속했기 때문에 밤마다 한 글자라도 끄적거렸다. 아무리 생각해도 쓸 말이 없으면,

- 살아있음에 감사하다.

- 그냥… 감사하다.

라고 쓰기도 했다. 자기 전이면 수첩을 펼쳐 이런 두루뭉술한 감사함들을 꾸준하게 써 내려갔다. 그러다 문득 아주 가까이 있던 것들이, 어쩌면 당연하게 여겼던 것들이 따듯하게 내 몸을 감싸는 것 같이 느껴졌다. 내 '감사 일기'에는 구체적이고 소소한 감사함들이 나타나기 시작했다.

- 아침에 눈을 뜨면 갈 곳이 있다는 것에 감사하다.

- 나에게 웃으며 인사해 주는 사람들이 있다는 것에 감사하다.

- 예쁜 파자마를 입고 좋아하는 캔들을 켜 놓은 채 혼자만의 시간을 보낼 수 있다는 것에 감사하다.

초등학교 때 방학 숙제로 써야 했던 일기마냥 빠르게 해치우려 날려 썼던 글씨들이 어느새 조금씩 모양을 가다듬어 알아보기 쉬워지고 나도 점점 이 시간이 소중해지기 시작했다. 왠지 부끄럽지만 '행복하다'라고 쓴 날도 있었다.

이미 100일이 지났지만 이 수첩에 감사하고 행복한 이야기는 계속 쓰고 있다. 글에는 어떤 힘이 있다고 믿는다. 그 힘이 갑자기 나를 하루아침에 용감하고 강한 사람으로 만들어 줄 요술 같은 힘은 아닐 거다. 하지만 꾸준히 쌓이고 쌓여 내 안의 나를 더 단단하게 해 줄 힘이라는 것을 믿는다. 그래서 오늘도 감사와 행복을 꾹꾹 눌러 담는다.

지금, 여기에서 행복한 나를 위해.

힘 좀 빼고 삽시다

: 나만의 속도

어느 날, 연기 스터디를 함께 하는 동료가 말했다.

"졸려? 난 네가 빠릿빠릿하게 움직이는 것 좀 보고 싶어."

말과 행동이 느린 내가 답답했나 보다. 안타깝게도 우울증과 무기력은 친한 친구다. 종종, 아니 자주 피곤하냐는 말을 들었다. 무기력에 짓눌려 반쯤 뜬 눈이 흐리멍텅하게 보였기 때문이겠지. 그래도 잘 보이는데 그럼 된 거 아닌가. 그런 내가 유일하게 눈뜬 모습이 신경 쓰이지 않았던 때는 아이러니하게도 많은 사람들이 고통스러워하는 스트레칭 시간이었다.

스트레칭을 하며 근육을 늘리는 시간 안에서는 모두가 평등하다. 오로지 자기 몸에만 집중하면 된다. 사실 고통스럽게 진행할 필요도 없다. 본인이 할 수 있는 선에서 내 몸이 움직일 수 있는 '가동 범위'를 지키면 된다. 그렇게 하지 않으면, 본 운동 전에 부상 방지를 위해 하는 스트레칭이 몸에 무리를 주게 되어 본격적인 운동을 시작했을 때 오히려 위험해질 수 있다.

필라테스 센터에서 사람들이 상담할 때 주로 하는 말들이 있다. 상체를 숙여 보이며,

"손이 여기 바닥에 닿고 싶어요."

"저만 못 따라가면 어쩌죠?"

"선생님은 다리 일자로 찢을 수 있죠? 저도 찢고 싶어요."

손이 바닥에 닿고 다리를 일자로 찢는 것이 누군가에게는 목표가 될 수 있을 거라 생각한다. 하지만 여기에서 고백하자면, 나도 다리 잘 못 찢는다. 찢어야겠다고 시도해 본 적도 없다. 그냥 허벅지 안쪽에 어느 정도 자극이 느껴지면 그 상태에서 몸에 힘만 풀 뿐이다. 이것을 자주 반복하면 어느 순간 근육이 길어진다.

내가 필라테스 강사로서 아주 많이 유연한 편이라고는 생각하지 않는다. 다만 스트레칭을 할 때 회원님들에게 한 가지 강조하는 것이 있다면, '힘을 빼라'는 것이다. 몸을 늘이거나 조일 때 사람들은 보통 숨을 흡, 하고 참거나 몸에 반동을 준다. 하지만 숨을 참으면 오히려 근육이 긴장된다. 반동을 주면 관절의 인대를 손상시킬 위험이 있다. 결국 두 방법 모두 스트레칭의 목적 중 하나인 가동 범위를 넓히는 것에 어긋나는 행위인 것이다.

그래서 내가 스트레칭하는 방법을 조금 소개해 볼까 한다. 어느 부위냐에 따라 다르겠지만 우선 마음가짐과 호흡이 가장 중요하다. 천천히 호흡을 내쉬며 내가 물오징어가 되었다고 생각하는 것이다. 물오징어가 됐다고 생각을 하는 건 마음을 먼저 흐물흐물하게 풀어주는 것이다. 마음이 풀리면 몸도 풀리면서 자연스럽게 내 체중이 실려 가동 범위가 넓어진다. 그러면 자연스러워진 호흡과 함께 통증도 날아갈 것이다.

그리고 가장 중요한 것은, 내 몸에만 집중하는 것이다. 옆 사람 다리가 어느 정도 찢어지는지, 앞 사람 허리가 어디까지 휘는지는 하나도 중요하지 않다. 운동하는 곳에서마저 경쟁할 필요가 있을까. 잘하는 사람을 보면 자극은 되겠지만, 그 사람의 몸이 아닌 어제의 내 몸과 비교하는 것이 맞다. 남의 유연성에 신경 쓰지 말고 내가 할 수 있을 만큼만, 나에게만 집중할 것. 이 정도만 지켜도 '바른 방법'으로 한 뼘 더 유연해진 몸을 느낄 수 있을 것이다.

내 수업은 총 운동 시간도 길고 스트레칭 시간도 길다. 이 시간만큼은 힘 빼고 본인에게만 집중했으면 해서. **마음이 아픈 누군가가 주변 사람만 신경 쓰다가 스스로를 경직시키는 대신, 천천히 힘을 빼고 자신에 집중하며 본인만의 속도로 나아갔으면 해서.** 내가 그렇게 나만의 속도로 나아갔듯이.

내 슬픔에 눈물 흘려 주는 이가 있기에

: 다른 길을 가더라도 든든한

친구 Y에게서 카톡 메시지가 왔다.

[Y] 넌 내가 연락 안 하면 절대 먼저 안 하지?

[나] 미안 일이 좀 있었어.

[Y] 뭔 일.

[나] 얼굴 보고 얘기해 줄게. 시간 될 때 집으로 놀러 와.

스무 살 대학 시절에 만났던 Y는 이제 서울에서는 유일하게 남은 친구나 다름없다. 계모임 하듯이 한 달에 한 번은 만나는데 그 장소가 늘 우리 집이다. 나의 퇴근이 불규칙적이기 때문이다. 하지만 더 큰 이유는 바로, 우리가 생각보다 심각한 '술찌질이'기 때문이다. 보통 술을 잘 못 마시는 사람들을 이렇게 부르는데, 술을 좋아하지만 술이 몸에 잘 받지 않아서 오랜 시간 술자리에 있을 수 없는 자신을 자조적으로 부를 때도 사용하는 것 같다. 설명이 길었지만, 나나 Y나 둘 다 술이 그렇게 세지는 않다는 거다. 그러니 밤늦게 밖에서 술을 마시는 것보다 편안한 우리 집에서 안전하게 마시는 게 좋다.

띵동. 이 술찌('술찌질이'의 줄임말)가 도착했나 보다. 반갑게 문을 열어 맞이했다. 이 술찌가 내 원룸에 들어서자마자 눈을 부라렸다. 내 카톡 메시지가 마음에 걸린 모양이다.

"뭔 일?!"

"아, 그냥. 집안일도 있고 좀 정신없었어."

그런데 갑자기 술찌가 울기 시작했다. 눈에서 술이 나오듯 눈물을 막 흘리며 사람을 당황스럽게 만든다. 그 모습에 나도 눈물을 찔끔하다가 갑자기 이 광경이 너무 웃겨서 사진을 찍었다. 한참 후에야 술찌는 진정이 됐다. 보자마자 눈물을 터뜨린 술찌를 보며 내 눈에 습기가 찼던 이유는 내 일에 이렇게 울어 주는 사람이 있어서였다. 하지만 이걸 말로 하면 너무 간지러우니까 일단은 그냥 찍어 놓은 사진으로 놀려 먹을 생각만 해 본다. 아무튼 우리는 언제부턴가 술 먹기 전에 서로에게 미리 물어보게 됐다.

"야, 오늘 울 거냐?"

오늘은, 그런 술찌가 한 달 만에 집에 오는 날이다. 치킨 한 마리를 앞에 두고, 만 원에 4캔이었던 캔맥주 가격이 11,000원으로 올라 버린 이 어이없는 물가 상승률에 대해 한바탕 토론을 벌였다. 그러다 각자 닭다리를 하나씩 잡으며 조용해졌다.

"야, 일은 잘되냐?"

닭다리를 뜯으며 형식적인 질문을 했다. 사실 한 달 전이랑 지금이랑 크게 다를 게 뭐가 있겠는가.

"잘 안돼. 마케팅이 안 돼. 우리 제품 진짜 좋은데. 내가 너 안 줬었나?"

"맨날 갖고 온다고 해 놓고 안 갖고 왔으면서."

Y는 마스크 사업을 하는데 유통, 디자인, 홍보 등등을 다 본인이 하다 보니 벅차고 어떻게 해야 할지 모르겠다고 했

다. 마스크는 사기만 했지 모르는 분야라 내가 딱히 해 줄 수 있는 말이 없었다. 그래서 그냥 다 먹은 닭다리 뼈를 버리고 닭날개로 손을 뻗었다.

"너는, 저번에 촬영했더… 아, 잠깐만."

Y는 나에게 뭐라고 말을 하려다가, 남자 친구의 전화를 확인했다. 그리고 손에 묻은 양념을 쪽쪽 빨더니 손목으로 휴대폰을 컨트롤해 전화를 받는 기술을 선보였다. 내가 앞에 있기 때문인지 치킨이 맛있었기 때문인지 통화는 금방 끝났다. Y와 남자 친구의 알콩달콩한 행각에 내심 부러웠던 나는 울리지 않는 휴대폰을 쳐다보다가,

"아, 외롭다!"

를 몇 번이나 외쳤다. 그런 나를 보던 독실한 크리스천인 Y는,

"내가 너 좋은 남자 친구 생기라고 기도할게. 근데 나도 8년을 혼자 지내다 생긴 거야. 그러니까 기다려. 흐흐."

라며 나를 약 올리는 건지 위로하는 건지 헷갈리는 말을 했다. 일단은 위로라고 믿고 싶다. 그렇게 우리는 일과 사랑에 대한 이야기를 마치 소맥처럼 섞어 내뱉었다. 화장실에 다녀오면 방금 전까지 했던 이야기를 까먹고 새로운 이야기를 시작했고, 마치 머릿속에 지우개라도 있는 것처럼 무슨

이야기를 하려고 했는지 까먹고 아쉬워했다. 우리 옆에는 고작 세 개의 맥주캔이 부끄러운 듯 세워져 있었다.

벌써 졸리다는 술찌에게 내 침대를 내어 주고 나는 방바닥에 이불을 깔고 잠을 청했다. 아직 잠이 오지 않았던 나는 휴대폰을 만지작거리다 침대 위에 잠들어 있는 술찌의 형체를 가만히 쳐다봤다. 문득, 이런 생각이 들었다. 내 침대를 차지한 술찌 친구가 있어서 정말 좋다고. 다른 길을 가더라도 같이 가니까 든든하다고. 각자의 길 위에서 이렇게 계속 함께했으면 좋겠다고. Y야, 너 결혼하게 되면 축의금 많이 낼게. 근데 늦게 해라. 제발.

3년 전 헤어진 구남친의 문자
: 내가 유명해지니 좋니를 부를 날까지

카톡. 시계나 다름없었던 내 휴대폰이 오랜만에 울렸다. 자기는 원래 휴대폰이었다고 시위라도 하는 모양이다. 저녁 9시가 넘은 늦은 시간에, 그것도 3년 전에 헤어진 구남친에게서 온 메시지를 내 눈앞에 띄워 놓은 걸 보니. 갑작스러운 카톡 메시지의 내용은 이러했다.

- 잘 지내고 있는 것 같아 보기 좋다. 내가 매정했던 부분도 있지만, 항상 너를 응원하고 있다.

가볍게 스쳐 지나간 인연은 아니었기에 한동안 멍하니 바라보고 있었다. 그러다 헛웃음이 나왔다. 헤어질 때 그렇게 매달렸으나 돌아보지 않았던, 그의 말대로 매정했던 남자였기 때문이다. 어떻게 매달렸냐 하면, 내 얘기를 듣고 내 지인들도 몸서리 칠 정도? 그때 난 미저리로 불렸다. 집에 찾아가는 건 기본이요, 부재중 전화 51통을 기록하고, 매일 카톡을 남기다 차단까지 당했었다. 그런 그에게서 연락이 온 것이다. 재회의 뜻도 아니고, 돈을 빌려 달라는 것도 아니고, 그저 응원의 메시지라니. 마음이 시소처럼 왔다 갔다 중심을 잡지 못했다.

한창 매달리고 힘들어 하던 때, 누군가 나에게 웹툰 하나를 권했었다. 김풍, 심윤수 작가의 「찌질의 역사」. 그날 별 생각 없이 1화를 보다가 어느새 돈을 결제하고 완결까지 단숨에 독파했다.

이 웹툰에서는 이제 막 20대가 된 남자들이, 사랑에 어린 티를 벗지 못한 찌질한 과거 연애담을 보여 준다. 게다가 보는 이의 뼈를 때리며 아주 적나라하게 보여 준다. 그리고 나이에 따라 변하는 이별에 대한 태도도 보여 준다. 남자든 여자든 똑같이 나이를 먹을수록 이별을 대하는 태도는 담담해졌다. 이 웹툰을 읽었을 때의 나는 20대 후반이었지만 사랑에 있어 아직 어린 티를 벗지 못한 그들마냥 찌질했다. 그래서 상대의 감정을 존중하지 못하고 무작정 매달리는 실수를 범했었다. 사실 머리로는 알았다. 오히려 도망갈 것을. 알면서도 내 감정을 주체하지 못했다. 30대가 된 지금, 상대가 밀면 그대로 밀린다. 그게 상대와 나를 위해 가장 좋은 이별 방식이라는 것을 깨달은 거다. 「찌질의 역사」 속 캐릭터들처럼, 나도 그렇게 변했다.

참 좋은 사람이었다. 헤어지던 날이었다. 정확히는 내가 마지막으로 매달린 날이었지.

"잘 돼라. 내가 후회할 만큼 잘 돼라."

본인의 옷깃을 잡은 채 눈물범벅이 돼 있는 내 얼굴에 대고 그가 한 말이다. 여전히 울고 있는 나를 택시 안에 집어넣고 그는 그렇게 뒤도 돌아보지 않고 나에게서 도망쳤다. 그 후에도 마음잡기 쉽지 않았다. 아니 마음을 그냥 놨다. 어떤 기사에서 타이레놀이 이별의 아픔도 줄여 준다는 것을 보고 하루 두 알씩 먹어 보기도 했었다. 노파심에 말하지만, 이렇게 약을 함부로 먹으면 안 된다. 나는 잘못된 방법으로 약을 사용했지만 정말 위험한 일이라고 다시 한번 말해 두고 싶다. 아무튼 온갖 좋지 않은 방법으로 마음을 잡아 보다가, 그래도 안 되는 날엔 병원에 가서 의사 선생님을 붙잡고 하소연을 했다. 그렇게 3년이란 시간이 지났는데. 이제 와 응원의 메시지라니.

'만약에' 게임이란 게 있다. 만약에 내가 그의 안부를 잘 물어봐 줬다면, 만약에 내가 내 일에만 몰두하지 않았다면, 만약에 내가 그날 그 한마디에 기분 나빠 하지 않았다면, 그래서 기분 좋게 데이트를 이어 갔었다면, 만약에 그에게 생각할 시간을 충분히 줬다면, 나에게 질리지 않을 만큼만 잡았었다면, 만약에, 만약에, 만약에…. 이 게임은 과거의 나를 후회하는 나에게 한 가지 결론을 일깨워 준다.

"그럼에도, 일어날 일은 일어난다."

내가 어떻게 했어도 그는 떠났을 것이니 나를 자책하지 말고 남을 탓하지 말라고. 매일 이 게임을 하며 하루하루를 버텼다.

누군가는 그랬다. 내가 잘되면 다 알아서 연락해 올 거라고. 가수 비의 〈내가 유명해지니 좋니〉라는 노래처럼 말이다. 아니, 근데 나는 아직 유명해지지 않았는데? 사람의 마음은 간사하다. 그의 문자는 애틋한 마음과 함께 묘한 승리감도 주었다. 그 승리감은 내가 매달린 시간에 대한 보상 같았다. 답장을 할지 말지, 한다면 뭐라고 할지 고민이 됐다. 그냥 씹기에는 내가 매달린 기간 동안에도 어느 정도 답신을 줬던 사람이기에, 이제 괜찮다고 그냥 넘겨 버리는 것은 매너가 아니라는 생각이 들었다. 무엇을 보고 내가 잘 지내는 것 같다고 생각했는지 궁금했지만, 묻지 않았다.

- 그래, 고마워 :)

짧은 답신을 보냈다. 나도 당신을 늘 응원하겠다는 말은 가슴에 묻고. 드디어 그 사람과 제.대.로 이별한 느낌이다.

Part 3.

10초 건너뛰기

너만큼 생기고 너만큼 연기하는 애는 많아
: 애매하다는 말

99%의 면접이 마찬가지일 것이다. 떨어진 이유를 말해 주지 않는다. 이유를 말해 준다고 해도 분위기 나쁘지 않았던 소개팅 자리 후,

"좋으신 분인데 저랑은 안 맞는 것 같아서요, 저보다 더 좋은 사람 만나시길 바라요."

이런 말방귀 같은 문자를 받는 것처럼 오디션도 마찬가지다.

- 지원해 주셔서 감사합니다. 아쉽지만 다음의 만남을 기약해야 할 것 같습니다.

라고 수백 명이 같은 문자 메시지를 받았을 거다. 그런데 이런 말은 누가 공식 멘트라고 지정이라도 해 둔 건지…. 감사하다면 그냥 지금 만나 주면 되지, 라는 마음이 뾰족하게 솟아오른다. 하지만 다른 한편으로는 마음은 아프지만 뭐가 진짜 문제인지, 왜 배역을 따내지 못했는지, 어쩌면 잔인할지도 모를 진실을 알고 싶었다. 아니, 꼭 알아야만 했다.

감독이나 관계자 앞에서 직접 연기를 한 후에 피드백을 받을 수 있게 해 주는 오디션이 종종 있다. 이런 오디션은 엄청난 기회다. 여기서 기회라 하는 이유는, 첫째, 서류 심사에서부터 떨어지기 십상이라 오디션에 가는 것 자체가 쉽지 않기 때문이다. 둘째, 오디션을 본다고 한들 감독님 앞에서 직접 연기할 수 있는 기회는 최종 단계까지 가야 하는 경우가 대부분이라 거기까지 간다는 것 자체가 캐스팅 확률이 높아진다는 것이다. 마지막으로 앞서 말했듯이 떨어진 진짜 이유를 듣지 못하는 지원자들이 본인에게 맞는 피드백을 들을 수 있기 때문이다.

모르는 분들도 있겠지만 오디션에도 무료, 유료가 있다. 일반적으로 작품 오디션은 무료다. 지원자도 주최 측도 어떤 금전적인 요구를 하지 않는다. 드물게 와 주어서 고맙다며 주최 측에서 지원자들에게 교통비 정도를 주는 곳도 있다. 반대로 지원자가 참가비를 내야 하는 곳도 있는데 이런 곳들은 대부분 사기인 경우가 많으니 거르면 된다.

내가 이번에 신청했던 오디션은 불합격 이유를 확실하게 들을 수 있을 거라고 기대했던 기회였다. 오디션이 관계자들의 피드백이 바로 이뤄지는 세미나 형태로 진행됐기 때문이다. 이러한 형식의 오디션은 참가비가 있어도 이해가 간다. 그래서 유료임에도 불구하고 그 어떤 티켓을 예매할 때도 선보이지 않았던 광클릭 신공을 발휘하여 세미나형 오디션에 참가할 수 있었다.

보통 영화 오디션은 영화 제작과 관련된 사람들이 심사위원이다. 오늘 오디션에는 이미 상업 영화로 데뷔한 영화감독님이 심사 위원으로 계셨다. 영화감독님 앞에서 직접 연기할 수 있는 기회라니!

내 차례가 되어 오디션장 안으로 들어갔다. 나는 인상 깊게 봤던 어떤 드라마의 한 부분을 자유연기(독백)로 준비해 갔었다. 마음을 가다듬고 혼자 길고 긴 대사를 하기 시작했다. 조용히 내게만 향한 시선이 고스란히 느껴졌다. 약간은 부담스러운 분위기 속에서도 나는 오히려 떨리기는커녕 더 잘 해내고 싶다는 마음만 들었다. 덕분에 별 실수 없이 준비해 갔던 연기를 무사히 마칠 수 있었다. 오디션은 늘 '무사히' 마칠 수 있으면 다행이다 싶다. 마치고 나면 아쉬움이 언제나 크니까. 그래서 오늘은 대사를 씹거나 버벅대지 않은 것만으로 다행이라고 마인드 컨트롤을 했다. 왜냐면 아직 끝난 게 아니기 때문이다. 자, 이제 그토록 듣고 싶어 했으면서도 막상 듣고 싶지 않은 피드백을 들을 시간이다.

"떨지도 않고 잘하시는데…. 애매해요. 본인만큼 생기고 본인만큼 연기하는 사람들은 많아. 이거 뭐 피드백을 해 줄 수가 없네. 본인만의 색깔에 대해 좀 고민해 봐요."

애매하다, 애매하다, 애매하다…. 나만의 색깔이라…. 해주신 말이 무슨 뜻인지 안다. 퍽 눈에 띄는 외모도 아니고, 그렇다고 대사 한마디에 "이 배우다!" 싶은 배우도 아니라는 말이다. 혹은 모든 걸 제치고도 자꾸만 눈이 가는 새우깡 같은 매력을 가진 것도 아니고.

1,000대 1, 2,500대 1. 오디션의 경쟁률은 늘 살벌하다. 주연부터 잠깐 지나가는 단역까지 하나의 배역을 두고 수많은 이들이 경쟁한다. 그래서 이해한다. '이 정도면 어느 정도 하네' 하는 어정쩡한 수준으로는 원하는 그 하나의 배역을 쟁취할 수 없다는 것을. 알고 있기에 고민의 깊이는 더해 간다. 타고난 똥고집으로 '잘하는 일'이 아닌 '하고 싶은 일'을 선택했지만, 결국 이 안에서는 하고 싶은 것보다 잘하는 것을 먼저 보여 줘야 한다는 것을 느꼈다. 그렇다면 나는 무엇을 잘하는가? 시켜주면 다 잘할 수 있을 것 같은데. 그건 모두가 마찬가지겠지. 느낌표를 찾으러 간 곳에서 물음표를 받아 왔다.

집으로 가는 지하철 안에서 멍때리다가 두 정거장을 지나쳤다. 돌고 돌아 집으로 들어가는 길. 엘리베이터 안, 거울 속 내 얼굴에 오늘따라 유독 색이 없어 보인다. 오늘도 잠들긴 글렀다.

일단 유명해져라, 똥을 싸도 박수받을 것이다
: 인지도에 의한 가치

- 일단 유명해져라. 똥을 싸도 박수 것이다.

이 말은 팝 아티스트인 앤디 워홀이 한 명언으로 유명하지만, 사실 그는 이런 말을 한 적이 없다고 한다. 뭐 누가 한 말이든 어느 정도 공감을 하는 바이다. 아빠는 몇 번이고 반복해서 말했다. 네가 서울에서 혼자 그러고(?) 있는 게 자랑스럽다고. 그러고는 다음날 늦은 시간에 귀가해 취중진담을 하셨다. 다른 집 자식들은 뭐 하고 뭐 하고 있다는데 본인은 자랑할 게 없다고. 아, 반복적인 긍정은 강한 부정일 수 있구나. 하긴 몇 년 전만 하더라도 요즘 드라마에서도 쓰지 않는 "호적에서 파버린다"라는 대사를 하며 연기를 반대했던 아빠가, 여태껏 대표작 하나 없는 무명 배우인 나를 자랑스러워할 리 없었다.

이 부분은 이성에게도 마찬가지로 적용되는 것 같았다. '배우'라는 직업 때문에 호기심으로 다가온 호감은 '정신과 약 먹는 반백수'의 별거 없는 모습에 한여름 밤의 꿈처럼 사라지곤 했다. '내가 잘 나갔더라면…. 약 봉투를 잘 숨겼더라면….' 이런 자격지심과 자기혐오는 지독한 외로움만 안겨 주었다.

인지도로 정해지는 것들은 꽤 많다. 물건도 이름 있는 브랜드 순으로 값어치가 높듯이 배우 역시 인지도 순으로 출연료가 정해지고 대우까지 달라진다. '내가 서러워서 유명해지고 말지'라는 말을 종종 촬영장을 다녀오는 길에 외친다. 물론, 마음속으로. '나는 유명해지면 저러지 말아야지, 혹은 차별 대우하지 말아야지' 라는 다짐과 함께.

내 가치가 인지도로 정해지는 시스템은 '나'라는 '상품'을 자꾸만 '검열'하게 만든다. 디자인이 트렌드에 벗어나진 않은지, 제 기능은 하는지, 애초에 잘못 만들어진 건 아닌지. 신상은 늘 주목을 받는데, 아, 나는 이제는 상시 할인 코너로 가야 하구나. 오늘도 유명해지기 그른 나는 똥을 먼저 싸 본다.

방귀가 잦으면 똥을 싼다

: 기록에서 작품으로

연이어 제목에 똥이 들어가 역하실 수도 있는데, 죄송하다. 생리적인 소재의 글귀들이 잘 기억에 남는 정신연령을 가져서 그렇다.

작품이 갑자기 엎어지거나 최종 오디션에서 탈락할 때마다 엄마가 해 주셨던 말이 있다.

"방귀가 잦으면 똥을 싼다더라. 언젠간 똥 싸겠지."

떨어지고 나서 이런 얘기를 들으면 왠지 웃겨서 불합격의 아픔을 잠시 잊게 된다. 내가 겪은 일을 이렇게 가벼운 마음으로 받아들일 수 있게 도와주시는 것 같아서 위로도 받는다. 덕분에 나는 각오를 더 단단하게 다져서 다시 시작할 수 있었다.

배우로서 '애매하다, 색깔을 모르겠다'라는 말을 들은 후 모든 캐릭터를 시도해 보기로 했다. 다이소에서 산 삼각대에 휴대폰을 고정시켜, 정말이지 그냥 막 찍었다. 처음에는 캐릭터와 대본을 분석하고 연습한 후에 찍어 본다. 시선 처리, 잦은 눈 깜빡임, 발음, 제스처 등등 내 눈에도 고쳐야 할 점들이 확 보인다. 그러면 다시 하나하나 고쳐 찍고를 반복한다.

혼자 하는 과정을 어느 정도 거치고 나서는 타인의 피드백이 필요하다. 마음에 드는 영상 하나를 골라 유튜브에 올려 본다. 엄청난 용기를 내어 수많은 악플 속 보석 같은 조언을 고대해 본다. 어라, 악플은커녕 조회 수도 올라가지 않는다. 역시 사람들은 생각보다 나에게 관심이 없다. 아주 많이 없다.

그렇다면 이제 가족 단체 대화방이다. 여섯 명이 있는 단체 대화방에서 카톡을 봤다는 숫자는 줄어드는데 아무도 답이 없다. 그러나 가족들조차 외면한다고 포기할 내가 아니다. 답이 없다면 답이 올 때까지 올리면 된다. 그렇게 누구도 관심 없는 나의 연기 영상을 매일 찍고 매일 올렸다. 나의 단체 대화방 테러가 계속되자 가족들도 지쳤는지 결국 하나둘 의견을 내놓기 시작했다.

- 괜찮은 것 같은데??

- 사투리는 어디 말투니.

- 위를 보고 말하다가 정면 보고 말하고 상대방이 어디 있는지 헷갈려.

- 아저씨 말투 같아!

- 너 입술에 뭐 좀 발라라.

- 평소의 너를 아니까 그냥 웃긴데. ㅋㅋㅋ

- 화가 난 상황에서 저렇게 손을 가만히 두고 있진 않을 것 같아. ○○드라마 ○○역할 참고해 봐.

생긴 것(?)에서부터 캐릭디 해석에 내한 평가까지 다양한 의견을 들을 수 있었다. 피드백을 바라 놓고 기분이 왜인지 언짢아질 때도 있었지만 확실히 객관적으로 나를 볼 수 있었다.

하나의 나를 두고 다양한 나를 끌어내는 작업이 마냥 수월하지만은 않다. 하지만 그게 연기의 매력이고 내가 원하는 일이었다. 내가 가진 수많은 성격과 매력 중 어떤 한 부분을 극대화해서 극에 어울리는 인물을 만들어 내는 것. 자, 이제 그 다양한 '나' 중에서 '사람들이 원하는 나'를 찾아야 했다. 올렸던 영상 중 가장 나답고 잘 어울린다며 반응이 좋았던 캐릭터를 택했다.

바로, '푼수' 캐릭터다. 데뷔 이후 오랫동안 외모적으로 차갑고 세 보인다는 평을 많이 들었다. 그래서 그런 방향으로 캐스팅되는 경우가 많았다. 하지만 '푼수' 같은 모습이야말로 내 안에 갖고 있던 모습 중에서 꽤 많은 부분을 차지하고 있었고, 나의 외모와 대비해 본다면 분명 '반전 매력'이 느껴질 만한 캐릭터일 것 같았다. 생각해 보면, 나는 일찌감치 외모적 평가에 갇혀 전형적인 역할들에만 도전했던 것 같기도 하다. 그래서 내가 갖고 있는 푼수 같은 성격을 보여줄 수 있는 연기 영상을 찍어 되도록 많은 오디션에 모조리 지원했다. 메일을 얼마나 보낸 건지 알 수 없었다. 몇백 개 정도 보낸 거 같은데 정확히 세어 보지도 않았다. 그리고 몇백 개를 보내든 몇천 개를 보내든 내가 보낸 메일에 대한 답장이 올지도 알 수 없다. 그동안 경험한 것들로 인해 어느 정도 내려놓은 부분이다. 그래서 전송하기를 누르는 순간, 모든 걸 잊으려 노력했고, 지금도 그렇다. 기대는 실망을 가져오기에.

그러던 어느 날, 한 대기업의 바이럴 광고 오디션 공고문을 보았다. 커리어 우먼을 꿈꾸지만 허당끼 넘치는 캐릭터를 찾는다고 했다. 준비해 두었던 영상을 프로필과 함께 보냈다. 그리고 놀랍게도 함께하자는 연락을 받았다. 이렇게 망가지는 코믹 연기는 처음이었다. 촬영 당일, 모든 것이 즐거웠다. 주어진 배역에 맞게 촌스러운 메이크업을 받는 것도, 친한 사람들 앞에서만 보여 줬던 망가진 모습을 연기하는 것도. 그 에너지가 잘 전달이 되었는지 광고주와 시청자들의 반응이 좋았다. 그래서 그 뒤로도 부름을 받아 두 개의 시리즈를 더 찍었다.

기세를 이어 한 욕실 브랜드 광고의 측간 귀신(변소 귀신) 역에도 서슴없이 지원했고 변비에 걸려 힘들어하는 귀신 연기를 기똥차게 해내며 오디션에 합격했다. 그렇게 찍은 이 광고는 100만 뷰를 찍었다. 그리고 조회 수가 많은 만큼 악플과 선플이 난무했다.

- 너무 무섭다 진짜, 눈매 뭐야
- 연기하시는 분 누구신가요? 매력 있으시다
- ㅈㄴ 무섭게 생겼네
- 귀신 은근 귀엽 ㅋㅋ

악플을 볼 때면 나도 모르게 위축됐지만, 선플이 훨씬 많았기에 크게 신경 쓰이지 않았다. 아니, 이런 관심에 사실 기분 좋았다.

이렇게 시작부터 결과까지 쭉 좋은 일이 많으면 좋겠지만 그렇게 흔한 일은 아니다. 이 세계는 어느 날 갑자기 일이 엎어져도 이상할 것이 없는 곳이고, 나를 대체할 사람이 언제든 줄 서 있는 상황이기 때문이다. 그래서 좋은 일이 생기고 나서도 마음을 놓을 수가 없다. 오늘은 이렇게 기쁜 날이지만, 내일은 또 어떤 거절이 나를 찾아올지 모르기 때문이다. 거절당했다는 것을 잊기 위해서라도 나는 쉼 없이 도전하고 일을 할 것이다. 그러다 보면 결과가 좋은 작업물들을 많이 남길 수 있겠지.

될 때까지 된 것이 아니다. 끝날 때까지 끝난 것이 아니다. 계약 전까지는 아무것도 확신할 수 없다. 하지만 엄마의 말을 되새기며 웃어 본다.

'방귀가 잦으면 똥을 싼다.'

그렇게 나는 똥을 싸기 위해 잦은방귀들을 시도했다. 그리고 어느 무더운 여름, 300만 원짜리 광고 계약서에 사인하며 에어컨을 걱정 없이 틀 수 있었다.

버티는 게 왜요?

: 내가 좋아서 버틴다는데

'존버'라는 말을 좋아한다. 한때 나의 SNS 배경 화면에 '버티다'라는 키워드의 글들로 도배를 해 놓을 정도였다. 주식은 하지 않지만, 손절은 곧잘 하는 편이다. 내 연기 인생의 8할은 '존버'였고 나머지는 손절이었다.

영화감독님 앞에서 연기할 수 있는 세미나형 오디션이 있었다. 1차 서류 심사를 위한 서류를 작성하는데, 간단한 포부를 쓰라는 부분이 있었다. 나는 그곳에 이렇게 적었다.

- "와, 쟤 아직도 연기하고 있네?"라는 말을 들을 때까지 버티고 버티고 또 버티며 징그러울 정도로 끈질기게 계속 연기하겠습니다.

나의 근성을 보여 주는 포부였다.

오디션 당일, 감독님 앞에서 연기를 마쳤다. 침묵이 흘렀다. 침을 삼키고 싶었으나 소리가 들릴까 봐 참았다. 감독님은 한참 내 지원서를 보셨다. 연기가 별로인건지, 경력사항을 보시는 건지, 경력에 비해 잘했거나 못했거나 보통 둘 중 하나일 텐데 뭘까. 긴 침묵을 깬 첫마디가 나왔다. 풍선에서 바람 빠지는 듯한 웃음소리와 함께 날카로움이 섞인 말이었다.

"포부가 이게 뭐예요?"

질문인지 지적인지 모를 어미 처리에 잠시 머리가 띵했다. 우선 질문이라고 생각하고 질문의 의도를 파악하기 위해 정신을 다시 잡았다. 어지럽고 복잡했지만 이런 분위기에서는 멘탈이 무너지지 않게 표정도 한껏 고정해야 한다. 주눅 들거나 당황한 티를 내보이면 곤란하다. 입과 함께 눈도 웃으려 노력하며 답했다.

"버티는 것에 자신 있습니다. 버틴다는 말도 좋아합니다. 끝까지 버티겠다는 마음으로 연기를 하고 있습니다!"

다시 정적이 흘렀다.

"버틴다는 건 힘들다는 건데, 왜 좋은 표현 놔두고 이런 말을 하는지 모르겠네."

한껏 고정시켰던 표정이 조금은 무너짐을 느꼈다. 그 후, 내 연기에 대한 피드백은 특별한 것이 아니었고 이미 많이 들어 본 내용이었다. 그래서인지 피드백을 하는 동안 내 머릿속에는 버티겠다는 나의 포부를 부정했던 감독님의 이야기만 맴돌았다.

기분이 순식간에 가라앉았다. 내 잘못된 표현으로 오디션을 망쳐버린 것 같다는 후회나 반성이 아니었다. 우측 통행이라고 표시된 길을 잘 걸어가고 있는데 오른쪽에서 온 사람에게서 어깨빵 당한 후 시비 걸린 느낌이랄까. 예정된 탈락보다 기분이 나빴다. 물론, '버티다'라는 말이 주는 부정적인 어감을 안다.

버티다 (*표준국어대사전 발췌)

1. 어려운 일이나 외부의 압력을 참고 견디다.

2. 어떤 대상이 주변 상황에 꿈쩍 않고 든든히 자리 잡다.

3. 주위 상황이 어려운 상태에서도 굽히지 않고 맞서 견디어 내다.

'버티다'의 전제는 바로 현재 어렵거나 힘든 상황에 놓여 있다는 것이다. 그래서 그것이 주는 어감이 긍정적이지 않았을지도 모르겠다. 아니면 그냥 내가 주는 느낌이 긍정적이지 않았거나. 그런데 내 머리가 크긴 컸나 보다. 이제 연기가 아닌 나만의 가치관이나 철학이 부정당하는 상황에서는 마냥 고개를 끄덕일 수가 없다. 그것이 잘 보여야 하는 감독님이나 관계자의 말이라도.

오늘 이들은 나를 떨어뜨려 버리겠지만, 나는 이 사람들보다 더 오래오래 버티고 버텨서 내 존재를 증명해 버리고 말 거다.

그래서, 나는 오늘도 '존버'한다, 고로 '존재'한다.

당신의 열정은 얼마인가요?

: 제 열정 말고요

8~9년 전, 대학로에서 연극을 할 때 회당 2만 원의 출연료를 받았다. 공연은 평일에는 하루 한 번, 주말에는 하루 두 번이었다. 그러니까, 내가 받는 월급은 약 64만 원이었다. 아, 공연을 올리기 전에 몇 개월 동안 연습도 한다. 다른 배우들과 합을 맞춰야 하기 때문이다. 보통 연습은 하루 8시간 정도 진행되었다. 연습 때는 페이 없이 하루 5천 원의 식비만 제공되었다. 연봉으로 계산하자면, 몇백만 원인 것이다. 아주 귀여운 연봉이다. 실제 2019년 한국 고용정보원의

자료에 따르면, 연봉 낮은 직업 순위에 연극·뮤지컬 배우가 당당히(?) 5위를 차지했다. 나만의 문제가 아닌 것이다.

이 귀여운(?) 돈들은 제날짜에 받기도 참 힘이 들었다. 극단 대표님이 나보다 연기를 잘하셨기 때문이다. 극장에 들어서기만 하면, 잔액 없는 통장을 보여 주시며 죽는소리를 해 대셨다. 그때 나에겐 다른 선택지가 없었다. 무대가 간절했고, 기다리는 관객이 소중했다. 그래서 극단 대표님의 속이 뻔히 보이는 명연기에 그저 힘내시라는 리액션을 하며 공연 준비를 할 뿐이었다. 요즘은 연극계도 처우가 조금은 나아졌을 것으로 예상되지만, 나와 같은 경우가 아직도 있을지 모른다.

그렇다면 영상 매체 쪽은 어떨까. 내 첫 단편영화 출연료는 0원이었다. 촬영 전 오디션 겸 미팅도 있었다. 오디션에 합격한 이후 촬영장에는 당연히 분장팀과 의상팀 같은 것도 없었고, 모두 내가 준비해 가야 했다. 그런데도 굳이, 굳이 왜 했냐고 묻는다면, 경력 한 줄이 필요했기 때문이었다. 연극 경력 하나로는 단편영화 서류 심사에서 떨어지기 일쑤였다. 오디션이라면 어떻게든 보고 싶었고, 돈만 있다면 돈을 줘서라도 영화를 찍고 싶은 심정이었다. 두 번째 단편영화도 마찬가지였다. 경력 한 줄이라도 될까 하는 마음에 출연료를 받든 못 받든, 교통비만 지급되든 그마저도 지원되지 않든 상관없었다. 돈은 상관없이 그냥 카메라 앞에 서고 싶었다. 그렇게 두 번째 단편영화도 '0'정페이로 촬영했다.

첫 바이럴 광고는 페이가 있었다. 단돈 5만 원. 촬영을 마치고 한 달 뒤, 3.3%를 떼고 48,350원이 입금되었을 때 나는 기뻐했다. '처음'이라는 경험이 준 뿌듯함에 취해 내가 해냈다는 생각만 들었다. 연기뿐만 아니라 다양한 분야에서 성공한 사람들이 하는 말이 있지 않은가. 돈은 제대로 받지 못했지만 묵묵히 일을 해서 역경을 이겨내고 결국 성공했다는…. 어린 마음에 그런 과정을 겪고 있는 거라고 생각했을지도 모른다. 아, 나의 무지였다.

열정페이는 단순히 개인만의 문제가 아니었다. 사회적으로 반드시 협의되어야 할 문제이자, 업계의 미래를 위한 문제였다. 내가 열정이라는 말에 감동해 무보수로 일하거나, 혹은 5만 원만 받고도 만족스럽다며 좋아하고 말아 버릴 일이 아니라는 것이다. 과거의 나처럼 열정페이로도 일을 하는 배우가 있다면, 열정페이는 절대로 사라지지 않을 것이다. 거의 10년 째 이 세계에 있으면서 징그럽게 바뀌지 않는 임금 지급 방식을 봐 왔기 때문이다. 연기에 굶주려 돈을 줘서라도 일하고 싶어 하는 배우들은 넘쳐나고, 구인하는 사람들은 어떻게든 돈을 아껴 이윤을 남기고 싶어 한다. 그래서일까, 물가는 올라도 출연료는 오르지 않는다.

지금도 '품앗이'라는 명목으로 열정페이를 명시하는 곳들이 많다.

"이번에 예산이 부족해서요."

"페이는 적지만 지속적인 촬영 계획이 있습니다."

이런 말들로 소품보다 못한 가격으로 배우를 구인한다. 물론 배우들의 출연료는 천차만별이다. '무명 배우, 생활고로 자살'이라는 기사와 '탑배우, 몇백 억 부동산 부자'라는 대립되는 기사들로 빈부격차를 확인할 수 있을 거다.

혼자 휴대폰으로 단편영화를 만들어 본 적이 있다. 조명, 마이크, 뭐 하나 없이 나 혼자 연출하고 나 혼자 찍었다. 돈이 없으니까. 연출이라 말하기는 솔직히 부끄럽다. 그저 말하고 싶은 메시지를 시나리오로 쓰고 삼각대에 휴대폰을 꽂아 촬영했다. 마이크 대신 휴대폰 녹음기로 후시 녹음을 하고, 조명은 편집으로 대신했으며 상대 배우는 있는 셈 쳤다. 내가 봐도 완성도를 논할 수 없는 이 아마추어의 영상이, 한 공모전에서 당선되었다. 작은 공모전이지만 월세를 내고 치킨을 시키고도 남을 정도의 상금을 받았다.

열정페이는 결국 구인하는 자의 열정을 보여 준다. 본인의 작품에 열정과 애정이 있다면, 부족한 페이라는 이유로 중요한 부분을 놓치려 하지 않을 것이다.

그래서 감히 말하자면, 돈이 없다면 만들지 말아라. 그럼에도 만들고 싶다면 돈이 없는 현실을 어떻게 해결할지, 없는 상황에서도 만들 수 있는 방법을 찾길 바란다. 혼자 출연, 연출까지 다 하든, 지인에게 밥이라도 사 주고 출연을 부탁하든. 적어도 남의 열정을 들먹이며 만들지는 않길 바란다. **열정페이는 꿈을 향해 달리는 청년들의 열정이 아닌 제작자의 열정 값이다.**

그래서, 당신의 열정은 얼마인가?

나는 나를 파괴할 권리가 있다
: 미치도록 부러웠던 대사

"I felt it. I was perfect."

나는 느꼈어요. 나는 완벽했어요.

2011년, 국내에서 개봉한 나탈리 포트만 주연의 영화 「블랙스완」의 명대사다. 영화 속 주인공인 발레리나 '니나'는 완벽함을 꿈꾼다. 니나의 엄마는 니나를 낳고 발레를 포기했다며 자신이 못다 이룬 꿈을 니나에게 강요한다. 니나의 방에는 아직도 인형들이 있고, 보살핌을 넘어선 엄마의 감시로 니나는 남자 친구 한 명 사귀어 보지 못했다. 그런 니

나는 백조 연기는 완벽하게 해냈지만, 흑조 연기를 할 때는 어려움을 겪었다. 공연을 앞두고 니나의 중압감과 강박은 점점 심해지고 환각까지 보게 된다. 심적으로 극한의 상황까지 몰린 채 흑조 연기를 완벽히 마치고 나서야 니나는 죽어 가며 말한다. 나는 완벽했다고.

「블랙스완」의 초고는 오프브로드웨이를 배경으로, 무명 여배우가 주연 여배우를 밀어내고 그 자리를 차지하는 내용이었다고 한다. 그래서였을까. 무명이었던 니나가 주인공을 맡으며 받는 중압감을 이해할 수 있을 것 같았다. 영화를 보며 연기와 발레의 공통점도 발견했다. 보기에는 화려하고 아름다워 보일 수 있지만 실상은 그렇지 않다는 것. 완벽함을 위해 괴기스러울 만큼 몸부림을 친다는 것. 심지어 자기 자신을 파괴하면서까지.

나는 연기에 천부적인 재능이 없다. 원하는 만큼 연기가 나오지 않을 때, 이불을 팡팡 치며 이런 생각까지 해 봤다. 악마에게 영혼을 팔아서라도 미친 연기를 선보이고 싶다고. 그렇게 해서라도 연기를 잘할 수 있다면 좋겠다는 망상에 빠지기도 했다. 그래서 영화 「블랙스완」이 더 강렬하게 다가왔는지 모른다. 완벽해지고 싶은 그 마음을 알아서.

연기는 내 안의 나를 하나씩 끄집어내는 과정이라 생각한다. 그래서인지 캐릭터를 맡을 때마다 내 냄새가 짙게 배어 있다. 분명 모두 다 다른 캐릭터임에도 불구하고 말이다. 결국 나에서부터 시작하니까.

하지만 내 안의 내가 수백 개는 되지 않는다. MBTI도 16개 아닌가. 그래서 내 안에 없는 캐릭터를 맡을 때면 니나와 같은 압박을 받는다.

"그럼 살인자 역을 맡으면 살인이라도 할 거야?"

이런 말을 내뱉으며 무능함에 합리화를 더해 보기까지 한다.

다시 영화 이야기를 해 보겠다. 마지막 무대에서 죽어 가는 니나의 얼굴은 전혀 고통스러워 보이지 않는다. 본인의 완벽함에 취해 있는 듯 행복해 보이기까지 한다. 때로 사람들이 나에게 묻는다. 지금까지 했던 작품들 중, 가장 연기력이 마음에 드는 것이 뭐냐고. 단역을 포함한 크고 작은 작품들을 헤아려 본다. 열 개의 손가락을 두 번 정도 접었을까. 나는 없다고 했고 실제로 아직 없다. 그래서 니나의 광기가,

본인이 완벽했다는 대사가 미치도록 부러웠다. 나도 언젠가 말할 날이 오겠지.

"I felt it. I was perfect."

오늘의 실패에
세상이 무너진 것마냥 굴지 말자

: 다시 일어서면 그만이다

아무것도 하지 않으면 아무 일도 일어나지 않는다. 이 말에 순응하며 나는 일을 참 잘 벌였다. 뭐든 했고 뭐든 한다. 가만있으면 뭐 해. 그래서 「놀면 뭐 하니?」라는 이름의 프로그램도 있겠지. 하지만 이 시도들이 한꺼번에 실패를 안겨주는 날이면 어깨가 머리의 무게를 못 받치는 것마냥 축 처지는 건 어쩔 수 없다.

그날이 그랬다. 거절의 연속이었던 날이었다. 늘 그랬듯이 그날도 아침에 일어나서 이불부터 개고 세수한 후 물과 함께 약을 삼키는 것으로 하루를 시작했다. 그 후 노트북을 켰다. 새로운 메일이 왔다는 알림 소리에 경쾌한 마우스 클릭 소리로 답했다.

- [서울독립영화제] 배우 프로젝트 : 60초 독백 페스티벌에 지원해 주셔서 감사드립니다.

'헐, 오늘 발표 날이구나!'

마음이 갑자기 풍선처럼 부풀었다. 그리고 얼마 가지 않아 바람이 쑥 빠졌다.

- 올해의 배우 프로젝트는 총 2,059명이 지원해 주셨고, 역대 최대 지원자를 기록하였습니다. 지원해 주신 모든 분들과 함께 프로젝트를 진행하고 싶은 마음이 크지만 한정된 인원만이 본선에 진출할 수밖에 없어, 안타깝지만 배우님과는 본선에 함께할 수 없음을 알려 드리게 되었습니다.

길고 길게 쓰여 있지만 그냥 한마디로 '탈락'이다. 아침 댓바람부터 나에게 고삼차만큼 쓰디쓴 결과를 투척한 이 오디선은 1차로 60초짜리 자유연기 영상을 이메일로 보내면, 약 스무 명을 뽑아 본선 무대에 올린 후, 다시 다섯 명 정도를 뽑는 방식의 독백 대회였다. 본선에서는 유명한 영화감독님들과 배우님들이 관객석에서 연기를 보시고 심사해 주신다. 본선 무대에 서는 것만으로도 엄청난 기회라 생각하며 1차 합격을 바랐었는데…. 그래, 내년을 기약하지, 뭐. 나도 예정되어 있는 촬영이 있으니까. 새로 받은 대본을 꺼내 들어 마음을 돌려 본다. 한 드라마 타이즈 예능의 에피소드 주인공으로 연기할 수 있는 기회를 얻었다. 바로 어제, 그 대본을 받았었다. 그래, 이거 열심히 하면 되지, 뭐.

오후가 되자 전화 한 통이 왔다. 대본을 보고 있을 때 휴대폰이 울리니 가슴이 설레었다. 휴대폰에 뜬 이름을 보니 더더더 설레었다. 어제 대본을 주셨던 드라마 캐스팅 실장님이었다. 촬영 일정이 나왔나 보다. 통화 버튼을 누르자마자 나는 한껏 상기된 목소리로 실장님을 반겼다.

"실장님, 안녕하세요!"

그런데 말이다. 실장님의 목소리가 이상했다.

"연지 씨, 이거 어쩌지. 촬영 못 할 것 같은데."

이게 무슨 말이지? 어제 나한테 대본까지 주셔 놓고는 갑자기 오늘 전화해서 촬영을 못 할 것 같다니?

"연지 씨가 촬영할 에피소드가 실화를 바탕으로 한 거라 문제가 생긴 것 같더라고. 그래서 제작이 어떻게 될지 모르겠어."

이런 경우를 보통 이 세계에서는 '엎어졌다'고 한다. 작품이 전부 다 엎어진 건지 내 에피소드만 엎어진 건지는 묻지 못했다.

"그렇군요. 하하하하하하."

너무 속상한 티를 내면 앞으로 전화도 안 주실까 봐 그저 웃었다. 하하하.

전화를 끊고 괜히 아무 잘못 없는 휴대폰을 침대에 던졌다. 액정이 깨지면 내 돈만 나가는 거니까 아무리 화가 나도 정확하게 침대 위 이불에 던진다. 생각보다 분노 조절이 잘 되는 편인 것 같다.

나는 시도를 잘하는 만큼 좌절도 잘한다. 어제 참았던 맥주, 오늘은 맥주캔 따는 소리를 들어야겠다. 지금 당장. 냉장고에서 한 캔 남은 맥주를 꺼내고 사 놓았던 육쪽마늘빵을 전자레인지에 30초 돌린다. 입에 뭐라도 넣어야겠다. 반항하듯 육쪽마늘빵의 크림 부분만 쏘옥 빼 먹고 두꺼운 부분은 버려 버린다. 나중에 죽으면 남은 음식 다 섞어서 코로 먹는다고 하던데, 알게 뭐람. 죽었을 때 뭘 먹게 될지보다 지금 내 기분이 더 중요하다.

맥주를 마시며 생각한다. 내 연기 인생의 9할은 실패였다. 작은 실패부터 큰 실패까지 실패의 연속이었는데도 왜 여전히 실패에 덤덤하지 못할까. 누가 그랬다. 어차피 가는 길, 산책하듯 여기도 둘러보고 저기도 둘러보며 가라고. 나 또한 타로카드로 누군가를 상담할 때 비슷하게 말을 한다. 조급해도 가게 될 길이라면 제 속도에 가게 될 것이니 초조해 말고 마음을 비우라고. 다른 사람에겐 그렇게 말하면서 막상 내 상황이 되니 머리로는 알면서도 가슴에 와닿지 않는다.

슬금슬금 침대로 가 아까 던졌던 휴대폰을 다시 집어 든다. 그리고 소심하게 여기저기를 살펴본다. 다행히 깨진 곳은 없군. 이게 어디야.

그래, 몇 번의 넘어짐에 크게 의미 두지 말자. 본선 무대에 서지 못한 날 나는 더 근사한 무언가를 하고 있을 수 있고, 내가 주인공이었던 에피소드는 엎어졌지만 다른 에피소드를 받을 수도 있다.

그러니 **오늘의 실패에 세상이 무너진 것마냥 굴지 말자. 나에게 맞는 속도로 나의 길을 가고 있는 중이니.**

이틀간 다섯 곳에서 점 본 썰 풉니다
: 결과는요?

마음이 불안하다. 당장 다음 주 촬영은 리스트업(캐스팅 후보로 올라감)돼 있긴 한데 어떻게 될지 모르고, 오랜만의 오디션은 백신을 다 맞지 않았다는 이유로 비대면 영상으로 진행하게 되었다. 뭔가 계속 시도를 하고 도전을 하는데, 막상 출사표를 던져 놓고 할 수 있는 건 기다림뿐이다. 생각만 많아진다.

내 2022년은 어떨까. 변함없는 목표처럼 상황도 변함없을까. 또 누군가에게 내 미래를 확인 받고 싶은 마음이 든다. 그래, 새해도 되었으니 신년운세 한번 봐 보자. 웹사이트에서 후기 좋은 점집들을 쫙 훑어본다. 당일 예약을 하고 시간 맞춰 전화를 기다린다. 두근두근. 한마디라도 놓칠까 녹음 버튼을 켜고 정갈한 몸가짐으로 공손하게 자세를 취한다.

"작년보다는 나아."

"아, 그럼 다음 주 촬영이랑 오디션은 어떻게 될까요?"

"촬영은 떨어지고 오디션은 붙겠네."

점괘를 들었는데 뭔가 찜찜하다. 더 좋은 말을 듣고 싶은 건가. 전화를 끊자마자 다른 곳을 예약한다.

"다음 주에 촬영하는 모습이 보여. 화장 거의 안 한 맨얼굴로 카메라 앞에 선 모습이."

한 곳은 오디션 합격, 한 곳은 촬영 진행 가능이라는 말을 한다. 두 곳의 말이 다르니 더 불안하다. 여기서 그만뒀어야 했는데. 3판 2승제를 생각하며 한 군데 더 전화 상담을 예약한다.

"치성을 올려야 돼, 운이 약해."

"아…. 치성이라면 기도 올리는 건가요?"

"응. 근데 작게 한 300만 원만 투자해도 돼."

"……."

작다고? 에라이. 진짜 여기서 그만뒀어야 했는데. 나란 사람은 왜 이렇게 집착적인지. 그 뒤로도 두 곳이나 점을 더 봤다. 점집마다 복채를 적게는 3만 원부터 많게는 10만 원까지 지불해야 했다. 그래서 돈값은 했냐고? 결론. 당장 다음 주의 일 맞춘 곳 없음. 단 한 군데도. 섬세하게 내가 카메라 앞에 선 모습을 읊조렸던 곳도, 오디션 합격이라는 소식을 전해 주었던 곳도. 다 틀렸다. 촬영은 리스트업 단계에서 떨어졌고, 오디션도 미뤄지면서 동시에 떨어졌다. 점집에 항의할 수도 없고, 40만 원어치의 경험값이라 생각할 수밖에. 애초에 다른 사람에게 내가 가는 길이 맞는지, 앞으로 어떻게 될 것인지 물어보는 게 아니었다. 내 길이 아니라는 말을 들었어도 난 계속 연기를 했을 테니까. 그렇다면 이건 '답정너'지 뭐겠는가.

다음날, 내가 엄마 딸이라는 것을 증명이라도 하듯 엄마에게 전화가 왔다. 용하다는 곳에서 점을 보고 왔다고. 내가 예체능 쪽이라는 것도 맞혔고, 뭣도 맞혔고, 뭣도 맞혀서 초를 켜고 왔으니 궁금한 게 있으면 그때그때 그 점쟁이에게 전화해서 물어보란다. 마침 드라마 캐스팅 소식을 기다리고 있던 때라 바로 연락을 취했다.

"선생님, 이번 주에 어쩌면 드라마 촬영이 있을 수 있는데 가능할까요?"

"하, 어떡하죠. 제가 몇 번이고 봤는데 촬영이 안 보이네요."

실망스럽게도 점쟁이는 단호하게 'NO'라고 말했다. 그런데 두 시간 후,

"연지 씨, 드라마 확정됐어요. 준비해 주세요."

그 드라마에 캐스팅 확정되었다는 연락을 받았다. 이번 주에 촬영이 보이지 않는다던 점쟁이는 눈이 안 좋았던 걸까…. 그건 그렇고, 점쟁이의 말이 틀렸다는 것이 이렇게 신날 일인가. 나는 당장 엄마에게 전화를 했다.

"엄마, 당장 초 끄고 와."

아무튼 나처럼 불안할 때마다 사주나 신점을 보시는 분들이 많으실 거라 생각되어 실속 없었던 나의 경험담을 풀어 봤다. 점을 봐라, 보지 마라, 감히 말할 수 없지만, 다섯 군데 중 맞힌 곳은 단 한 곳도 없었다는 걸 다시 한번 참고해 주시길.

모두 그 돈으로 맛있는 거 사드세요.

흘러가는 지원자가 되느니
또라이 같은 탈락자가 되겠다

: 내 방식대로

연기 레슨 시간, 선생님께서 해 보라며 대본을 주셨다. 눈과 입으로 가볍게 읽으며 상황과 캐릭터를 파악해 본다. 눈에 빤히 보이는 상황과 캐릭터였다. 그래서 역시 눈에 빤히 보이게 연기를 했다. 내 연기를 지켜보던 선생님의 표정이 심상치 않았다. 눈알을 굴리며 잘못한 부분을 생각해 봤다. 발음이 이상했나. 시선 처리가 어색했나. 표정이 애매했나. 뭐지?

"연지야, 이 대본 가지고 99%는 방금 너같이 연기해."

“네??”

“길거리에 돌아다니는 사람들한테 이거 좀 읽어 달라고 하면 다 너같이 읽을 거라는 말이야.”

선생님의 비유에 길바닥에 찰싹 붙어 버린 껌마냥 온몸이 쭈굴쭈굴해졌다.

“이렇게 하면, 단순히 오디션에서 떨어지는 게 아니야. 그냥 스쳐 지나가는, 흘러가는 지원자가 될 뿐인 거야. 이왕 떨어지더라도 기억에 남는 배우가 돼야 하지 않겠니?”

가슴에 ‘와닿았다’라는 표현으로는 부족할 정도로 그 말이 내 심장에 어퍼컷을 때려 넣었다. 맞다. 넘쳐 보일까 봐, 오버하는 것처럼 보일까 봐, 늘 내 기준에서 ‘적당히’ 했다. 그 적당히 때문에 지금껏 그냥저냥 흘러가는 지원자가 됐었나 보다. 왜 무작정 겁먹고 내가 할 수 있는 여러 가지를 보여 주지 않았을까. 비웃음을 받더라도, 오디션장을 나가서 후회하더라도, 집에 돌아와 잠들기 전 이불킥을 하더라도, 최대치를 보여 주는 게 맞는 건데. 흐르는 것은 버리면 되지만, 부족한 것은 채우기 힘들다. 넘치는 것은 누르면 되지만, 모자란 것은 메우기 힘들다.

그동안 내가 거쳐 왔던 오디션들을 떠올렸다.

‘지금까지의 오디션 담당자들 중 단 한 명이라도 날 기억

할까?'

나도 희미해져 버린 오디션의 기억들이 대부분인데 그들이 나의 정형화된 연기를 기억할 리가 없다.

"아, 그 배우! 우리 작품이랑 안 맞아서 떨어뜨렸는데 재밌었어."

"캐릭터 해석이 특이했어."

"진짜 또라이 같았어."

떨어졌어도 이런 평가는 한 번쯤 들어 봤어야 했는데, 아직까지는 없는 듯하다. 그래서 앞으로 오디션에 임할 때 나만의 색을 확실하게 입혀 보려고 한다.

집으로 가는 길, 문득 이런 생각이 들었다. 텍스트에 얽매이지 않을 것. 내 방식대로 분석할 것. 내 방식대로 표현할 것. 캐릭터에 성격을 입힐 것. **떨어지더라도 잊히지 않는 지원자가 될 것.** 이제 오디션을 보는 나의 각오는 '찢고 오기'다. 결과에 상관없이 할 수 있는 모든 것들을 보여 주고 올 거다. 그래서 제대로, 확실하게, 떨어져 볼 거다. 붙으면 더 좋고.

가진 게 없어도
자신감은 미친 듯이 커야 한다

: 다시 용감해지고 싶다

스물셋, 연습을 하러 가기 위해 대학로로 버스를 타고 가고 있는 중이었다. 아빠에게 전화가 왔다. 다급한 목소리였다.

"지금 당장 내려와라. 아빠가 너 면접 자리 봐 뒀어."

들어 보니, 전문대 졸업인 나는 자격 조건조차 안 되는 회사의 사무직이었다.

"뭔 소리야, 아빠. 나 지금 연습하러 가고 있어. 끊어."

"너, 너 진짜 호적에서 파버린다!!!!!!!!!!!!"

'파든가….'라는 말은 예의상(?) 뱉지 않았다. 그 사이 아빠는 다음 대사를 날리고 퇴장했다.

"앞으로 너한테 신경 쓰나 봐라!!!!!!!!!"

뚝. 무덤덤하게 교통 카드를 단말기에 태그했다.

"하차입니다."

그렇게 버스에서 내려 마로니에 공원으로 향했을 뿐이었다.

아빠는 지금도 종종 술잔을 기울이며 그 일을 회상하신다. 그리곤 말씀하신다. 그때 네가 잘 선택한 거라고. 술잔을 비우며 생각해 본다. 스물셋이 아닌, 서른인 지금. 그때와 똑같은 상황에서 아빠의 전화를 받았다면 어땠을까. 스물셋 그날의 나처럼 한 치의 망설임도 없이 거절하고 아쉬워하지도 않았을까. 패기가 넘치다 못해 줄줄줄 흘렀던 나는 어느 순간 '주제 파악'이라는 것을 하게 되면서 점점 작아졌다. 냉정하다 못해 차디찬 현실을 느끼며 점점 약해졌다. 아직도 그때처럼 당차게 행동할 수 있을까.

이건 열정과는 다른 개념이다. 나이와도 다른 개념이다. 길지 않은 시간 이 세계에서 살아 보니, 나보다 예쁘고 잘난 사람들이 이렇게 많구나, 라는 것을 내 눈으로 보고 확인하면서 자신감이 낮아진 것이다. 어쩌면 자존감과 함께. 그렇다고 시간을 되돌려 고향으로 내려간다거나 지금이라도 그런 자리에 눈독 들일 생각은 전혀 없다. 그저 이제야 이해한다. 알면 알수록, 나이가 들면 들수록 용기가 없어진다는 말을.

다시 용감해지고 싶다. 내 꿈과 상관없는 제안 같은 건 귓등으로도 안 듣던 그때처럼, 아무것도 없으면서 내가 가진 게 최고인 양 다니던 그때처럼. 거울 앞에 서서 골반에 손을 얹고 가슴을 펴 본다. 머슬 마니아에 나가는 선수처럼 양팔을 양옆으로 들어 올려 안으로 굽혀서 알통을 만들어 본다. 실제로 어떤 연구 결과에서 그랬다. 당당한 포즈를 취하는 것이 빠른 시간 안에 자신감을 높일 수 있는 효과적인 방법 중 하나라고.

'그래, 내가 아빠 말은 안 들어도 이런 건 잘 듣고 따라 하지. 오늘따라 내 삼각근이 앙증맞네.'

내 나이가 어때서
: 더 잘할 수 있다

여기 내 앞에, 나이가 가늠이 안 되는 두 사람이 있다. 한 콘텐츠 제작물 업체의 제안을 받아 업무 미팅을 하는 자리였다.

[나이가 가늠이 안 가는 사람 1] 몇 살이에요?

[나] 서른입니다.

[나이가 가늠이 안 가는 사람 1] 아, 애매한 나이네.

[나] 저는 애매하지 않다고 생각합니다. 20대의 역할도,

40대의 역할도 할 수 있으니까요.

굳이 나이를 속이지 않았다. 20대에 뚜렷하게 이룬 것은 없지만, 노력이 부끄럽지 않은 시기를 지나왔기에.

[나이가 가늠이 안 가는 사람 1] 연기를 계속하고 싶으면 물심양면으로 도와줄 사람 소개해 줄 수 있어.

[나이가 가늠이 안 가는 사람 2] 아, 그 ○○이요?

[나이가 가늠이 안 가는 사람 1] 응 걔, 어리잖아.

[나] 그분은 몇 살이신데요?

[나이가 가늠이 안 가는 사람 1] 쉰둘.

서른 살의 여자 배우는 애매하고 쉰둘의 남자는 어린 것인가. 크리스마스 당일, 산타 할아버지의 선물이 아닌 나이를 헛먹은 개념 없는 자들의 헛소리를 받아 버렸다.

얼마 후, 더 많은 기회가 생기지 않을까 하는 마음으로 어느 소속사 오디션에 지원했다. 내 연기를 보고 본부장이라는 분이 던진 질문 역시, 바로 나이였다. 제출한 프로필에도 나와 있는데, 왜 굳이.

[본부장] 몇 살이에요?

[나] 서른입니다.

[본부장] 나이가 좀 있는데 회사를 찾는 이유는 뭐예요?

'나이가 좀 있는데'는 빼고 '회사를 찾는 이유'에 대해 답했다. 사실 당시에는 질문의 요지를 잘 몰랐다. 그리고 지금도 잘 모르겠다. 나이가 많으면 혼자 일해야 하는 것이 국룰인가? 30대가 된 후에는 어딜 가든 그놈의 나이, 나이, 나이! 나이 이야기만 나오면 입은 웃고 있지만 자존심이 말도 못하게 상했다. 내가 어찌할 수 없는 부분이기에 더 속상했고, 나의 노력과 열정은 너무나 무색해지는 것 같았다.

- 너도 이제 나이가 있잖아.
- 청춘 다 갔네.
- 그동안 뭐 했어?

우리나라는 유독 나이에 민감하다. 몇 살쯤에는 학교를 마치고 직장에 들어가야 하며, 결혼을 하고 아이도 가져야 한다. 기대 수명은 높아져 가지만 '사회적 적령기'에 대한 압박감은 변함없는 듯하다.

심지어 '사회적 적령기'는 어떤 일에 도전하는 데에 걸림돌이 된다. 배우들이 많이 찾는 커뮤니티가 있다. 이곳에도 종종 나이에 대한 질문인 듯 질문 아닌 질문들이 올라온다.

- 40대 배우 지망생입니다. 앞으로 가능성이 있을까요?
- 스물셋인데 연기 시작하기 늦었나요?

답은 본인들이 알고 있지 않을까. 배우를 꿈꾸는 사람들이 아닌 2, 30대가 주로 포진되어 있는 커뮤니티에도 나이에 대한 고민을 안은 사람들이 많이 보인다.

- 34살인데 경찰공무원 준비해도 될까요?
- 30대 후반에 결혼 안 했으면 흠이라고 생각하시나요?
- 27살이 클럽가기엔 좀 많나요?

나는 '반 오십', '반 백 살', '반 환갑' 등의 신조어들이 보기 싫다. "우리도 이제 나이가 있으니"라며 운을 떼는 말도 듣기 싫다. 어쩌면 내가 연기를 하고 있어서 더 민감하게 느끼는 것일 수 있다. 잘 팔려야 하는 세계니까. 제조 일자가 최

근일수록 잘 팔리는 것은 사실이니까.

어느 날, 램프의 요정이 나타나서 20대로 돌아갈 수 있게 주겠다고 한다면, 나는 그렇게 할 거다. 20대로 돌아가고 싶다. 단, 지금 아는 것을 가지고 돌아갈 수 있다면. 그것이 아닌 나이만 어려진다면 나에겐 의미가 없다. 나의 20대는 고장 난 로봇 청소기처럼 한쪽 벽만 쿵쿵 찧고 있는 상태였다. 그래서 30대가 기대되었다. 30대가 되면 20대의 경험으로 조금 더 현명한 선택을 할 수 있을 것 같아서. 그만큼 더 깊은 연기를 선보일 수 있을 것 같아서. 그런데 자꾸 나이가 나를 막는다. 나는 이제야 조금 알 것 같은데, 뭘 하고 싶은지, 뭘 해야 할지, 어떻게 해야 하는지. 이제야 조금이나마 알 것 같은데. 이제는 늦었다고들 한다. 앞자리가 '2'에서 '3'으로 바뀐 것뿐인데. 그래, 그것뿐인데. 아무렇지 않게 외쳐 본다.

서른이 어때서. 내 나이가 어때서.

아무것도 하지 않으면
아무 일도 일어나지 않으니까
: 프로필 투어

"어어, 저기! 몇 층 가? 여기 전단지 붙이면 안 돼."

한 손에 황토색 봉투를 들고 모자를 눌러쓴 채 건물 안으로 들어가려는 나를 경비 아저씨가 막는다. 황토색 봉투 안에 가지런히 넣어 놓은 종이 한 장을 꺼내어 보여 드린다. 내 얼굴이 대빵만 하게 나온 내 프로필.

"5층 들렀다 내려올게요."

경비 아저씨께 싹싹하게 웃어 보이며 다시 발걸음을 옮기려는데,

"거기 이사 갔는데!"

청천벽력 같은 소리가 들린다. 어제 동선을 짜면서 분명히 주소를 체크했는데. 도저히 믿지 못하겠어서 굳이 5층까지 올라가서 두 눈으로 확인한 후에야 터덜터덜 내려왔다. 이사를 갔으면 주소라도 좀 바꿔서 올려놓든지! 프로필 종이가 구겨질까 다시 황토색 봉투 안에 조심스레 넣으며 투덜대 본다.

상업 영화는 보통 배우가 영화사에 직접 가서 프로필을 제출해야 한다. 그러려면 우선 프로필 사진을 멋있게 찍어야 한다. 그리고 한쪽에는 사진과 이름, 생년월일, 신체 사이즈를 배치하고, 반대쪽에는 참여했던 작품들을 쫙 써서 경력란을 채운다. 그렇게 만든 프로필 파일을 들고 충무로에서 배우 프로필 인쇄하는 것으로 유명한 인쇄소로 간다. 사장님이 익숙한 듯 빠른 손놀림으로 프로필을 몇십 장을 뽑아 주신다. 그렇게 양면 한 장으로 된 따끈따끈한 프로필을 소중히 챙겨 단단히 준비를 마친다. 그리고 본격적으로 일명 프로필 투어를 시작한다.

제작사들은 주로 강남, 성수, 마포, 상암 등에 몰려 있다. 오늘은 강남-성수 코스를 돌아야겠다. 뚜벅이인 나는 따릉이 정류장에 간다. 오늘 나의 무게를 잘 견뎌 줄 것 같은 따릉이를 골라 본다.

'그래, 너다.'

서울시 감사합니다. 프로필 투어를 하기 위해서는 동선을 잘 짜야 한다. 어제 미리 체크해 놓은 동선 표를 보며 따릉이 운전을 시작한다. 첫 번째 제작사에 도착했다. 뚜벅뚜벅 걸어 도착한 사무실 문손잡이에 손을 뻗으려는데, 열어 보기도 전에 입구 컷이다. 문 앞에 상자 하나가 덩그러니 놓여 있었기 때문이다. 한 분에게라도 '직접' 프로필을 제출할 수 있길 바랐는데…. 왜 '직접'이라는 단어를 강조하냐면, 보통 제작사 문 앞에는 프로필 박스라는 게 있기 때문이다. 찾아오는 배우들이 많으니 업무에 지장을 주지 않기 위해서 사무실 문 앞에 프로필 박스를 두는 것이다. 내가 방금 본 상자가 바로 그 프로필 박스다. 얼굴을 보고 직접 제출하고 싶지만 들어가 보지도 못했다. 아쉽지만 어쩌겠나. 그렇게라도 박스 안에 내 얼굴을 넣어 두고 다음 장소로 향한다.

주소지를 보고 찾아간 다음 영화사. 어? 그런데 프로필 박스가 없다! 오예. 살짝 문을 밀어 보니, 문이 열려 있다. 오예. 나는 내적 환호를 연신 내지르며 씩씩하게 문을 열고 사무실 안으로 들어갔다.

"안녕하세요! 배우 연지라고 합니다! 오디션 지원하려고 방문했습니다!"

책상 앞에 앉아 있던 사람들이 '뭐지'라는 눈빛으로 본다. 잠깐의 정적 후 한 분이 입을 열었다.

"여기 그런 곳 아닌데요."

"아…."

그런 곳이 아니라니…? 나는 빠르게 사무실 안을 다시 확인했다. 그래, 아니다. 여기는 그냥 다른 사무실이다.

"죄송합니다! 수고하십시오!"

아무렇지 않은 척 뒤돌아서 눈을 질끈 감으며 민망함을 꾹꾹 집어넣었다. 그래, 오늘도 얼굴이 한 겹 더 두꺼워졌다 생각하자. 오후 3시 한창 졸릴 시간, 나의 등장으로 그분들이 잠이라도 개운하게 깨셨길 바라며. 그나저나, 그래서, 어디로 이사한 걸까 그 영화사는…. 그렇게 복불복을 경험하며 하루에 아홉 군데를 돌았다. 총 3시간 30분 걸렸다. 따릉이 덕분이다.

하지만 이 프로필 투어로 연락이 오는 일은 굉장히 드물다. 왜일까. 그래서 프로필 속 사진을 요리조리 배치하고 내가 인물 조감독님이라 생각하며 봐 본다. 물론 잘 안된다.

내 눈엔 늘 내가 적격이니까.

한 캐스팅 디렉터분이 하신 말씀이 떠올랐다.

“배우들은 자기 프로필이 라면 받침대로 쓰이면 기분 나쁘겠지? 근데 그거 엄청난 행운이야. 라면 먹을 때마다 그 프로필 찾을 거 아냐.”

아! 그래, 수백 장의 프로필 속에서 무언가 인상 깊은 것이 필요하다! 뭐가 있을까, 음료수는 너무나 고전적이다. 진짜 라면 받침대? 아니야, 얼굴이 점점 그을릴 거잖아. 너무 비싸지 않으면서 자주 사용할 만한 것.

‘그래, 휴대용 손소독제에 내 사진과 연락처를 스티커로 붙이자!’

그렇게 스티커를 제작해 손소독제에 내 사진을 붙이기 시작했다. 그리고 담당자를 마주할 때마다 사무실의 인원수를 대략 파악하여 전달했다. 아직 ‘손소독제 효과’는 못 봤다. 그래도 나를 한 번은 더 눈여겨보지 않을까 싶은 마음에, 손소독제에 붙은 찍찍이를 떼고 내 사진이 인쇄된 스티커를 붙여 본다. 손소독제 다 쓸 때까지만이라도 봐주세요, 제발 버리지만 마세요, 기도하면서.

Part 4.

PLAY

유명해진다면 뭘 하고 싶으세요?
: 나는 연기하는 직장인

이 책의 출간을 계약하고 편집자님과 인터뷰를 했다. 코로나19가 한창 심했던 때라 우리 집까지 편집자님이 와 주시기로 했다. 나는 간단한 다과를 차려 놓고 편집자님을 기다렸다. 시간이 되자 편집자님이 도착하셨고, 나와 편집자님은 이런저런 얘기를 나누었다. 그러다 이런 질문을 받았다.

"배우로 유명해지신다면, 뭘 하고 싶으세요?"

"……. (눈알 굴리는 중)"

"작가님?"

"죄송해요, 생각을 안 해 봤어요."

"아…."

"유명하다는 기준은 어떻게 되죠?"

"작가님은 어떻게 생각하세요?"

"길에서 얼굴 보고 어디서 많이 봤는데 할 수도 있고, 바로 배역이나 이름이 나올 수도 있고요. 굳이 기준을 잡는다면 후자 아닐까요?"

사실 그 기준에 대한 답도 그 자리에서 생각해 본 것이었다. 이렇게 글로 쓰니 생각 없이 사는 사람 같지만, 맞다. 별생각 없이 연기한다. 미팅이 끝나고 편집자님이 돌아가신 후, 다과상을 치우며 천천히 내가 나에게 다시 물었다.

"유명해진다면 뭘 하고 싶어?"

결국 답은 하나였다.

"그냥…. 그냥 배우로 연기하며 살고 싶어."

20대 초중반에 연기를 업으로 하고 있다고 하면,

"아, 연예인 하고 싶어?"

"스타가 돼야지!"

라는 말을 종종, 아니 꽤 들었었다. 한번은 의사인 고모부가 부모님 앞에서 하도 빨리 떠야지, 하며 스타, 스타, 거리시길래 이렇게 말한 적이 있다.

"의사라는 직업처럼, 배우도 하나의 직업일 뿐이에요."

더 말하고 싶었지만 내 표정이 굳어지는 바람에 입을 닫았다.

그래, 나는 그냥 연기하는 사람이다. 그게 직업인 사람. 꾸준히, 다양하게, 연기하고 싶다. 고달픈 취준생, 멋진 커리어 우먼, 삶에 찌든 주부, 주름이 자글자글한 할머니까지. 내가 연기가 직업인 직장인처럼 살아야겠다고 생각하게 된 건 엄마의 영향이 크다. 보이지 않는 미래에 초조해할 때 엄마는 말씀하셨다.

"직장인처럼 배우도 하나의 직장이라 생각해 봐. 역할을 주면 연기라는 일을 하는 거지."

그래, 일이 없을 땐 휴가라 생각하자. 다른 일로 돈을 벌어야 할 때는 투잡, 쓰리잡을 하는 요즘의 직장인들을 떠올려 보자. 그렇게 배우라는 평생직장에 속해 있다 생각하니 마음이 편해졌다. 연금도, 퇴직금도, 월급도, 일거리도 보장되어 있지 않지만 괜찮다. 내가 사랑하는 일이니까. **짝사랑하는 상대에게 바라는 것이 사랑밖에 없듯이 나도 연기에게 바라는 것은 조금 더 가까워지는 것. 그것밖에 없다.**

텔레비전에 내가 나온다면

: 정말 좋다

주말 드라마 촬영을 했다. 단역으로. 공중화장실에서 찍은 장면이었고, 앞서 촬영하고 있던 씬이 지연되어 공원에서 5시간을 대기한 끝에 두 마디를 했다. 의도치 않게 내가 나온 회차의 방송 일에 나는 본가에 있었고 그 드라마가 부모님이 즐겨 보는 것임을 알게 됐다.

"오늘, 그 드라마에 나 나오는데!"

나를 보는 부모님의 눈빛이 반짝거림을 느꼈다. 가족들과의 화목한 저녁 시간이 예상된다. 저녁 식사를 서둘러 마치고 모두들 거실 텔레비전 앞에 앉았다.

"화장실에서 아주 잠깐 나올 거야, 대사 두 마디 했거든."

텐션이 살짝 높아진 목소리로 촬영했던 장면의 내용을 설명한다. 드라마는 시간에 맞춰 시작했고, 점점 내가 등장할 씬을 향해 진행되고 있었다. 부모님의 표정을 보니, 오늘만큼은 내가 나오는 부분에서 가장 박장대소할 준비가 돼 있는 것 같았다. 이제 곧! 이제 곧…! 이제 곧…? 이상하다…? 그 씬이 없어졌다. 정확히 말하면 화장실에 들어가는 나는 없어지고, 나오는 주인공들만 있다.

'아…. 뭣 됐다.'

이제 드라마의 내용보다 내가 언제 나올지에 집중하고 있는 두 사람에게 알려야 한다. 조용히 말한다. 나름 담담한 표정으로.

"나 편집됐네."

나보다 더 아쉬워하는 얼굴. 이래서 원래 결과물을 확인하기 전까지 가족들에게도 말하지 않는데, 이번엔 성급했다. 아무렇지 않은 척 텔레비전에서 시선을 두고 온갖 상상을 펼친다. 편집이 된 이유를 도대체가 알 수 없다. 아무리 생각해도 내가 답을 내릴 수 없는 문제다. 그냥 세상사 그럴 수 있지, 라고 생각해야 마음이 편하다. 분명히 촬영했는데 촬영한 게 아닌 게 돼 버린 그날의 촬영은 내 마음에만 묻는다.

다음날, 거실에서 텔레비전을 켜 놓고 발톱을 깎고 있었다. 익숙한 목소리에 고개를 들었다.

"어? 나 나온다!"

부엌에서 설거지를 하다가 다 제쳐 두고 아빠가 달려온다. 아빠의 손에서는 거품이 달린 물이 뚝뚝 떨어지고 있었다.

"이미 지나갔어. 아빠."

1년 전에 촬영했던 캠페인 광고가 이제야 공중파에 나온 것이다. 유튜브 등의 바이럴, 극장, 케이블 광고 출연은 있었지만 공중파 광고 출연은 처음이다. 발톱을 깎다 만 채 텔레비전을 계속 돌려본다. 어딘가에 또 내가 나왔으면 하고.

부산에서 3주가량 시네마틱 웹드라마를 촬영했다. 주조연으로 참여해, 처음 응원 도시락도 받아 보았다. 부모님은 텔레비전을 많이 보시기 때문에 바이럴 광고나 웹드라마 출연에는 관심 없으시다. 하지만 지금의 나는, 상업 영화나 드라마에서는 단역으로밖에 나오기 힘들다. 그래서 긴 호흡의 연기를 할 수 있다면 어떤 형태든 상관없이 도전 중이다.

혼자 사는 서울에는 텔레비전이 없다. 매일 밤 유튜브로 내가 촬영했던 광고나 웹드라마를 찾아본다. 어떤 댓글이 달렸는지, 조회 수는 얼마나 늘었는지 유심히 본다. 심한 악플은 조용히 신고 버튼을 누른다. 촬영했던 영상들을 개인 SNS에 업로드하고 해시태그도 열심히 달아 본다. **어찌 됐든, 어디든 내가 나오면 정말 좋다. 나 계속 연기하고 있다고, 열심히 활동하고 있다고. 누군가들에게 보여 주고 싶어서.**

다음에 또 보게 될 것 같은 예상이 드네요
: 희망 고문

소속사가 없는 나는 고급 오디션 정보는 알기 힘들다. 이 말은, 고급 오디션은 보기조차 힘들다는 말이다. 여기서 고급 오디션이란 공개적으로 배우를 찾는 것이 아닌 내부에서만 진행되는 오디션을 말한다. 그런데 내게 기회가 찾아왔다. 안면이 있는 캐스팅 디렉터 실장님에게 전화가 온 것이다. 한 드라마 작품의 비공개 오디션을 보자는 이야기였다. 속으로 쾌재를 부르며 잘 준비해 가겠다고 몇 번이나 머리를 조아렸다. 통화 중이라서 상대는 내가 조아리는지 어쩌는지 보이지도 않았겠지만.

오디션 당일, 현장에는 대부분의 배우들이 매니저와 동행했다. 나는 혼자 덩그러니 앉아 마음을 다잡았다.

'그래, 나는 나 스스로의 매니저야!'

왠지 정말 잘해야겠다는, 잘하고 싶다는 생각이 들었다. 배정된 시간보다 30분 일찍 도착했지만 대기자들은 많지 않았다. 나뿐만 아니라 모든 배우들의 오디션 소요 시간이 1~2분 정도로 짧은 듯했다. 오디션 진행자분에게 다가가 물었다.

"제 앞에 몇 명 남았는지 알 수 있을까요?"

"연지 배우님이시죠? 앞에 두 분 있네요. 여기서 기다리실게요."

오디션이 진행되고 있는 방문 앞에서 두 명의 배우들과 한 걸음씩 떨어져 기다렸다. 눈을 감고 마인드 컨트롤을 해본다. 크게 한숨 들이쉬고 내쉬며 씨익 웃어 본다.

'여기는 내 놀이터다. 한바탕 재밌게 놀려고 왔다.'

한 명 한 명 들어가더니 어느새 내가 문 앞에 가장 가까이 있게 됐다. 잠시 후, 문이 열리고 내 앞에 있던 배우가 살짝 상기된 표정으로 나왔다. 진행자분이 문 안을 들여다보더니 나를 보며 들어가라는 신호를 보냈다. 오디션장에 들어가기 전에 늘 되뇌는 말이 있다.

'여기, 날 좋아하는 사람들이 날 기다리고 있어.'

그러면 웃음이 활짝 나온다. 그 상태로 안으로 들어갔다. 안에는 감독님을 포함해 대여섯 명이 앉아 있었다.

"안녕하세요!"

힘차게 인사를 하고 그들 앞에 있는 의자에 앉았다. 오디션장 안을 빠르게 스캔해 본다. 어라, 보통 오디션장에 있는 '카메라'가 없다. 오디션이 빨리 진행될 것 같은 느낌이다. 결과도 빨리 나올 것 같다. 다년간의 오디션 경험으로 미루어 보아 오디션 후 카메라로 돌려 볼 것이 없으니 결과도 빠를 것이라고 예상해 보는 것이다.

가운데 앉아 있는 감독님이 시나리오의 한 부분을 읽어 보라고 주문하셨다. 카메라가 없으니 저 멀리 벽을 카메라 렌즈라 생각하며 연기해 본다.

"똑같은 부분, 일어나서 다시 해 볼래요?"

추가 요청에 벌떡 일어나 조금 더 자유롭게 움직이며 연기를 마쳤다.

"네, 됐습니다. 수고하셨습니다."

배꼽 인사를 한 후 나가려는 그때, 감독님이 말씀하셨다.

“다음에 또 보게 될 것 같은 예상이 드네요.”

됐다. 감독님이 이렇게 말씀하셨으면 99%는 아니더라도 51% 정도의 희망은 있는 것 아닌가. 그렇게 기분 좋게 오디션장을 나왔다. 현장에 계신 캐스팅 디렉터분은 캐스팅 결정은 오늘 되지만, 통보는 모레쯤 해 줄 수 있다는 공지를 남겼다. 집으로 향하는 내내 감독님의 ‘또 보게 될 것 같다’는 그 말이 계속 머릿속을 맴돌았다. 이미 합격이 내정된 것마냥 벅차오르는 감정을 다스리려 이렇게 되뇌었다.

‘될 때까지 된 것이 아니다. 촬영 전날에도 엎어질 수 있는 게 이쪽 일이다.’

하지만 좀처럼 진정되지는 않았다.

합격 발표 전날, 목욕재계를 하고 일찍 잠자리에 들어 새벽 5시에 일어나 하루를 시작했다. 요 며칠 꿈도 좋았다. 심지어 밥맛도 좋아서 숟가락으로 가득 밥을 퍼 입에 넣은 그 순간이었다. 카톡. 흘깃 메시지 창을 본다.

- 이번 드라마는 함께 하지 못…

우물우물거리던 입의 움직임을 멈추고 휴대폰으로 손을

뻗는다. 한국말은 끝까지 읽어 봐야지.

- 이번 드라마는 함께 하지 못하게 되었습니다. 고생 많으셨습니다. 또 좋은 작품으로 연락드리겠습니다.

오후 12시 4분. 볼이 터지도록 입 안 가득 밥을 씹고 있다가 탈락 메시지를 받았다. 갑자기 밥맛이 뚝 떨어져 먹고 있던 밥그릇을 치웠다. 이틀 동안 다시 보게 될 것 같다는 감독님의 한마디가 희망의 동아줄이었다. 어쩌면 감독님이 오디션을 끝내는 말버릇 같은 거였을지도 모르는데…. 상대방의 한마디 한마디에 의미를 부여하는 내가 싫었다. 혼자 잔뜩 기대하고 실망하는 것도 싫었다.

그럼에도 또 이 순간, 메시지 끝의 '좋은 작품으로 연락드리겠습니다'라는 인사말에 희망을 걸어 본다.

배우님, 이번 작품에 함께해 주시겠어요?

: 그날 올리브영에 갔다

내 기분 내가 맞히기 참 힘들다. 아침보다 밤의 기분이 어떨지 궁금한 날이 있다. 아침에는 기분이랄 것도 없어서. 오늘따라 아침부터 유난히 휴대폰에 자꾸 시선이 간다. 마치 N극과 S극처럼 떼려야 뗄 수 없는 기류가 흐른다. 단 한 번의 벨소리에 온몸의 감각이 깨어났다.

"여보세요?!"

"네. 고객님, 안녕하세요. 이번 신용대출…"

"죄송합니다."

꼭 이럴 땐 누가 장난질이라도 하는 건지 스팸 문자와 전화가 잦다. 전화를 끊는데, 통화 중 매너콜 문자가 와있다. 오마이갓. 얼마 전 오디션을 본 곳이었다. 숨 한 번 크게 들이마시고 바로 통화 버튼을 눌렀다. 연결이 되는 동안, 긍정적인 계산을 해 본다.

'탈락이라면 문자를 줬겠지. 떨어졌는데 전화까지 주는 곳은 없었어. 합격일 거야.'

담당 PD님이 전화를 받았다.

"네, 배우님, 저희 측에서 회의한 결과 ○○역할로 함께하고 싶은데 어떠세요?"

반은 합격, 반은 불합격이었다. '반'이라는 이유는 사실 내가 원했던 역할이 아니었기 때문이다. 그래도 오디션에 붙었다는 것이 기분은 좋았다.

뒤이어 2주 전쯤 보았던 오디션에서도 연락이 왔다. 그런데 마찬가지로, 원했던 역할은 아니었다. 그리고 또 다른 곳에서 연락이 왔고 앞서 일어난 일과 같은 '반 합격'의 연락을 받아 그날 총 세 곳에서 합격 소식을 들었다. 하하. 사실 기분이 좋으면서도 아쉬웠다.

'한 작품이라도 내가 원하는 배역이었다면….'

어쩔 수 없이 아쉬운 마음이었다. 그래도 기쁜 순간을 만

끽하며 누군가에게 자랑도 하고 싶었지만 그럴 수 없다. 될 때까지 된 게 아니다. 끝날 때까지 끝난 게 아니다. 계약서를 쓰기 전까지, 카메라 앞에 서기 전까지, 통편집 당하지 않은 것을 확인하기 전까지, 가족들에게도 말하지 않는다. 촬영이 취소되거나 작품 자체가 없어지거나 편집을 당하면 나보다 더 실망하는 가족들의 반응에 속상했던 기억이 있어 설레발치지 않기로 했다.

나만의 비밀을 안고 설레는 마음으로 외출을 했다. 집 근처 올리브영으로 향했다. 평소에는 화장을 별로 하지 않기 때문에 메이크업 코너를 미련 없이 지나 팩 코너로 가본다. 사실 팩은 냉장고에 가득 쟁여 놨다. 이번엔 슬그머니 남성 코너에 가본다. 그리고는 적당한 디자인에 부담스럽지 않을 가격의 상품을 골라 계산대에 올려놓는다.

"이거 포장해 주세요."

선물이었다. 다시 가벼운 발걸음으로 향한 곳은, 약 2년이란 시간 동안 죽는소리만 하러 갔던 정신 건강 의학과였다. 오늘은 기쁜 소식을 전하고 싶었다. 사실 누군가에게 자랑을 하고 싶은 마음이 컸다. 그다음 일까지는 걱정하지 않고, 오로지 오늘 일에 대해서만 마음껏 얘기해 보고 싶었다.

선생님은 눈이 보이지 않을 정도로 많이 웃어 주셨고 많이 칭찬해 주셨다. 내가 아주 대단한 사람이라도 된 것마냥 축하해 주셔서 부끄러울 정도였다. 덕분에 '반 합격' 라는 아쉬운 마음은 많이 사라지고 주어진 역할에 집중할 수 있는 힘이 생겼다. 집으로 돌아가 침대 위에 풀썩 누웠다. 그리고 그제야 온몸을 흔들며 웃음을 터뜨렸다.

"나 오디션 다 합격했다!"

포기에도 용기가 필요하다
: 진정한 용기란

공시생 이야기를 다룬 웹드라마를 촬영했다. 처음 시나리오를 받을 때부터, 아니 오디션을 보기 전부터 내가 하고 싶다는 자신과 잘 해낼 수 있을 거라는 확신이 있었다. 언니들 중에 공시 준비를 했던 사람이 있어 가장 가까이에서 봐 왔기 때문이다.

고등학교 시절, 공무원 시험을 준비하던 언니의 고시원에 갔을 때의 충격을 기억한다. 내가 누울 수도, 어디 앉을 수도 없는, 작다고 표현하기에도 너무 작은 밀폐된 공간. 책상 맡에 붙어있는 각종 명언과 다짐이 적힌 메모지들. 계속 앉아만 있으니 엉덩이만 커진다고 배시시 웃으며 말하던 언니의 표정. 일곱 살 어린 동생에게 맛있는 것을 사 주고 싶지만, 가격표에서 눈을 떼지 못하던 언니의 눈까지. 그때 나는 절대 공시생은 되지 않으리라 다짐했다.

언젠가 한창 고시원에서 불이 나는 사고가 빈번했고, 좁은 복도에 방을 여러 개 만든 탓에 위급한 상황 속에서 탈출하지 못한 사람이 생긴 끔찍한 일이 뉴스에 나오기도 했다. 그런 날이면 밤에 잠자리에 누워서도 언니 생각에 자주 몸을 뒤척였다.

시험이 막 끝난 언니에게 합격할 것 같냐고 자꾸 되물었던 것은 어린 나이에도 언니의 그 생활이 답답해 보였고 싫었기 때문이었다. 몇 번의 필기시험 합격과 최종 합격 앞에서 탈락을 반복하던 언니는 결국 공시 준비를 그만두었다. 큰 박스에 책들을 하나하나 넣으며 정리하는 언니의 모습이 서글펐다. 아무 말도 하지 않았는데도 울음을 참고 있는 것 같아 조용히 나도 같이 울음을 삼켰다. 한창 하고 싶은 게 많았을 20대에 수험생의 길을 선택하고 끝내 포기를 결정하기까지 얼마나 외로운 시간을 보냈을지 상상조차 되지 않았다.

"그래도 공시는 연기보다는 낫지 않나?"

언젠가 누가 이렇게 말하는 것을 들은 적이 있다. 배우라는 직업은 계속 오디션을 봐야 하고 오디션에 합격한들 불안정한 나날의 연속인데, 공시는 시험일이라는 데드라인이 있고 합격·불합격이라는 결과가 확실하니까.

누군가 한 말에 창문도 없는 고시원 방에서 자신의 젊은 날들을 포기하며 버틴 언니가 떠올랐다. 공시생들이 시험날까지 받는 압박감은 내가 봉준호 감독님 앞에서 직접 오디션을 보기 전날과 같을 것이다. 1년에 한두 번밖에 없는 그 하루를 위해 매일매일 천국과 지옥을 오갈 것이다. 당장 내 위치가, 앞으로의 미래가 단 하루에 결판나는 것이니까.

언니가 5년 가까이 이어 왔던 공시생 생활을 접던 날, 나는 어떠한 위로의 말도 전하지 못했다. 감히 어떤 말도 할 수 없었다. 나였다면 그렇게 오랫동안 준비해 왔던 일을 그렇게 포기할 수 있었을까. 나라면 절대 하지 못했을 선택이었다. 이제는 '연기 장수생'이 된 스스로에게 묻는다. 아직도 연기를 하는 것이 열정과 의지가 아닌 '집착'으로 하고 있는 건 아닌지. 그만둘 용기가 없어 그냥 버티고 있는 건 아닌지.

그래서 무언가를 포기하고 새로운 일을 시작하는 이들에게, 가고 있던 길을 돌아 나와 다시 다른 길을 찾으려는 이들에게, 용기 있는 결심이었다고, 잘했다고, 진심으로 응원을 보내고 싶다.

포기에도 용기가 필요하다. 내가 앞으로 어떤 것을 포기하게 될지 알 수는 없다. 하지만 나도 그때가 온다면 용기를 내볼 거다.

백만장자, 억만장자가 들으면 배를 잡고 웃겠지만

: 돈만큼 중요한 것

코로나19 확산세 때문인지, 내 연기가 문제인지, 한동안 그렇다 할 촬영이 없었다. 드라마든 광고든 보통 촬영일 기준이 아닌, 방영 일을 기준으로 약 한두 달 후에 페이를 받는다. 1년 전에 촬영을 마쳤어도 방송이 되지 않으면 돈을 받을 수가 없다. 그동안 손가락만 빨고 있기엔 숨만 쉬어도 나가는 돈이 많기에 나는 또 여러 가지 부캐들을 돌려 가며 일을 했다.

운 좋게 필라테스 레슨을 여러 개 잡아 온종일 거의 필라테스 센터에서 있었고 집에 돌아오면 잠만 자는 식의 하루하루가 이어지고 있었다. 또 그 와중에 타로카드 상담 문의가 오면 틈틈이 전화 상담을 해 주는 정도? 월급 받기 전까진 돈이 없어 삼각김밥 혹은 컵라면으로 끼니를 때웠다.

드디어 누구보다 바라는 월급날이 왔다. 퇴근한 밤에 확인한 내 계좌에 찍힌 액수는 어떤 일로도 받아 본 적 없는 가장 큰 숫자의 향연이었다. 보상 심리 때문인지 그 밤에 치킨을 시켜 먹었다. 물론 맥주도 함께. 깜깜한 방, 부른 배를 안고 옆으로 누워 휴대폰을 켰다. 너무 오랜만에 큰 액수를 받아서인지 이 돈이 어느 정도인지 문득 궁금해졌다. '30대 평균 월급', '30대 평균 연봉', '30대 평균 실수령액' 등을 검색했다. 뿌듯함은 잠깐이었다. 부른 배를 안고 다른 방향으로 돌아누우니 현타가 찾아왔다.

'돈 벌려고 서울 온 거 아닌데.'

연기를 하기 위해서 돈이 필요한 건데…. 연기, 배우, 꿈이라는 단어들과 벌써 저만치 멀어진 느낌이다.

'배우'라는 꿈을 좇아 서울에 왔다. 내 목표는 직장인처럼 꾸준히 연기하는 사람이다. 갑자기 대박이 터져 수억 원의 계약금을 받고, 강남의 건물주가 되는 비현실적인 망상은 하지 않는다. 그저 기본 생활비, 그러니까 월세, 통신비, 공과금 정도 낼 돈만 있어도 충분하다. 물론 지금 번 돈만큼 다달이 들어온다는 보장이 없으니 돈이 없을 때를 대비해 저축하고 준비를 해야겠지만 말이다.

돈에 대한 고민은 늘 있지만, 오늘 당장 치킨 한 마리에도 이렇게 행복한 걸 보니, 나는 반드시 큰돈으로만 행복을 느끼는 사람이 아니라는 것은 확실하다. 그러다 보니 진부한 말을 하게 된다. 돈이란 게 최소한의 행복을 위해 꼭 필요한 것이지만, 행복의 전부가 될 수는 없구나.

지인 중 사업에 성공한 사람이 있다. 매일을 바쁘게 사는 그가,

"나는 월 몇천 버는 지금보다 한 달에 80만 원 벌면서 여행 다니던 때가 더 행복했어."

라며 말할 때 속으로 고까운 소리 한다고 생각했었다.

'그럼 다시 80만 원 벌면서 여행 다니지.'

그 지인은 지금도 여행 갈 생각을 하며 일을 한다고 했다. 이제 조금 그 지인의 말이 이해가 된다. 나 또한 연기를 더 여유롭게 하기 위해 다른 일을 하고 있으니까. 그리고 요즘

편의점 삼각김밥도 생각보다 맛있고 다양하다. 음, 그러니까 말이다. **나는 생각보다 숫자가 중요한 사람이 아니더라. 백만장자, 억만장자가 들으면 배를 잡고 웃겠지만 몇백만 원의 돈으로 새삼 깨달았다.**

달콤 쌉싸름했던 오디션

: 오디션이 끝난 후의 맛

코로나19 시국에 정말 오랜만에 대면 오디션 기회가 생겼다. 아직 편성되지 않은 드라마의 주조연을 뽑는 자리였다. 세 개의 캐릭터가 있었고 약 스무 장의 지정 대본을 준비하면 됐다. 각기 다른 세 개의 캐릭터 중 정말 하고 싶고 내 이미지와도 맞겠다 싶은 A라는 캐릭터가 있었다. 그래서 그 캐릭터를 주력으로 삼아 연습했다. 대사를 꼭 외울 필요 없다는 안내 문구가 있었지만, 모두 외워서 준비했다. 그만큼 반가운 오랜만의 오디션 자리였고, 그래서 더 절실했기에 지금까지의 나를 뛰어넘고 싶었다.

드디어 오디션 당일이 됐다. 내 오디션 시간은 오후 4시 15분이었다. 평소보다 일찍 일어나 스트레칭을 하고 이런 중요한 오디션이 있을 때마다 가는 샵에 들렀다. A캐릭터를 상상하며 낮게 묶은 포니테일, 검은색 반목폴라에 와이드 팬츠, 구두를 신었다. 조금 이르지만 30분 전에 도착해 대기 장소에 앉았다. 안이 훤히 보이는 통유리로 된 방 안에 오디션을 보는 관계자들과 그 앞에 서 있는 배우가 보였다. 다시 내 것에 집중하려고 노력하며 대본을 훑었다.

곧 내 차례가 될 것 같았다. 긴장을 털어 내기 위해 일어나 괜히 몸을 움직여 봤다. 왔다 갔다 하다 보니 어쩌다 오디션 방에 조금 더 가까이 서게 됐는데, 우연히 관계자들이 모여서 하는 말을 들어 버리고 말았다.

"이번 오디션에서 여자 역은 C만 잘 찾으면 돼."

"다른 캐릭터들은요?"

"A는 인지도 있는 배우가 하기로 결정했대."

"언제요?"

"오늘. 사인하기 전인데 거의 확실해."

"이래서 배우들은 진짜 어떻게 될지 모른다니까."

A캐릭터를 주력으로 준비해 온 나는 오디션 직전 가슴이 내려앉았다. 그렇다고 보이는 이미지상 귀여운 느낌의 C라는 배역을 내게 주진 않을 터.

'그래, 그냥 준비한 거 다 보여 주고 가자.'

오디션을 보지도 않았는데 이미 불합격 통보를 받아 버린 것 같았다. 내려앉은 마음을 간신히 부여잡고 오디션 방으로 들어갔다.

대여섯 명의 관계자들과 상대 배우 대사를 해 줄 배우 두 분이 계셨다. 이제 주어진 시간은 약 10분이다. 나는 배역별로 어울릴 것 같은 소품들을 담아 온 큰 가방을 내려놓고 인사를 했다. 그렇게 오디션이 시작됐다. 가져온 큰 가방을 도라에몽 주머니 삼아 안경을 꺼내 썼다가, 텀블러를 꺼냈다가 하며 소품을 다양하게 사용해 가며 연기했다. 벌써 10분이 됐을까. 잘 봤다며 오디션을 마무리하려는 연출님께 손을 들며 말했다.

"저 C캐릭터의 타로카드 씬 한 번 하고 가고 싶습니다."

"설마 타로카드도 가져왔어요?"

당연하다는 미소를 지으며 잽싸게 타로카드를 감싼 융단을 꺼내 깔았다. 그렇게 준비해 갔던 것은 모두 보여 주고 오디션을 마쳤다. 연출님이 다시 말했다.

"혹시, 주조연이 아니라 작은 역할도 할 마음 있어요?"

살짝 씁쓸한 마음을 감추며 말했다.

"네, 그럼요!"

그렇게 2022년 첫 대면 오디션을 마치고 나왔다. 집에 도착해 도라에몽 주머니에서 소품들을 꺼내 제자리에 정리했다. 평소라면 다시 꺼내 리마인드했을 대본은 그대로 책장에 넣었다. 며칠을 연습한 대사들은 모두 내 머릿속에 있었기에, 가만히 있어도 자동 재생되고 있었다.

오랜만에 대면 오디션 공고를 확인하고, 오디션을 준비하고, 오디션을 보고 온 모든 과정이 초콜릿을 먹은 듯 달콤 쌉쌀했다. 며칠을 연습에 집중하며 달콤한 상상을 했고, 곧 씁쓸한 여운이 되어 마음 한구석에 자리 잡았다. 그런데 아무래도 나는 카카오 99%짜리 초콜릿을 먹은 모양이다. 이렇게 씁쓸한 맛이 더 길고 진하게 남은 걸 보니. 그래도 후회 없이 했으니 됐어. 그렇게, 나를 위로하는 날이다.

한 번 더 해 보겠다는 용기 혹은 민폐

: 덜 후회하기 위해서

오랜만의 드라마 촬영이었다. 한 에피소드의 주요 인물을 맡았다. 촬영은 이틀간 진행되었으며 촬영장 분위기도 배우분들도 정말 좋았다. 나만 잘하면 된다. 그래, 나만 잘하면.

이번 드라마에서는 오열하거나 우는 장면이 많았다. 그중 한 장면의 상황. 아침에는 감정이 잘 잡혀 버튼만 누르면 줄줄줄 나오던 눈물이, 눈에 드라이어라도 틀어 놓은 것처럼 바싹 말라 갑자기 나오지 않았다. 순간 당황하며 마음속 '눈물 버튼'을 마구 눌러 봤다. 엄마 생각, 시골로 보낸 그리운 진돗개 꼬막이 생각. 눈물아, 나와라… 나와라…! 작동하지 않는 '눈물 버튼'에 나는 억지로 감정을 쥐어짰다.

"컷!"

감독님은 여기까지가 한계라고 생각하신 듯 외치셨다. 그렇게 카메라는 이제 상대 배우를 향해 위치를 바꿨다.

내 앞에 있던 카메라가 철수되자 커다란 감정이 나를 덮쳤다. 후회할 것 같았다. 이대로 방송에 나간다면, 이만큼밖에 못 보여 준다면, 자책감에 촬영이 끝나도 캐릭터를 보내주지 못할 것 같았다. 상대 배우의 연기가 끝나자마자, 세트장 복도 끝 모니터 앞에 계시는 감독님께 달려갔다.

"감독님 정말 죄송한데, 한 번만 다시 하면 안 될까요?"

카메라, 조명, 마이크 위치까지 모두 다 바꾼 상황인지라 욕먹을 수도 있는 상황이었다. 각오하고 갔다. 다행히도 감독님은 흔쾌히 받아들여 주셨다. 촬영장 분위기가 좋아서 다행이었지, 그렇지 않았다면 짜증스러운 소리가 날 법도 했다. 나 하나 때문에 시간을 잡아먹고 있는 것이었으니까. 감사하게도 한 분도 싫은 티 내지 않고 다시 카메라 위치를 세팅하고 준비해 주셨다. 다시 카메라 앞에 돌아왔을 때, 상대 배우가 조용히 말했다.

"잘했어요."

그 말에 '눈물 버튼'이 작동하기 시작했다. 눈물이라는 것은 꼭 슬플 때만 나오는 것이 아니더라. 감정이 올라온 나는 그 전보다는 나은 연기를 했던 것 같다.

"다시 하길 잘했네요."

라는 감독님의 말이 그걸 증명해 주었다.

그럼 그날의 연기가 이제 만족스럽냐고 묻는다면 또 그렇지는 않다. 집에 가는 길 내내, 씻고 누워 천장을 멍하니 바라보며, 밤새 양옆으로 뒤척이며 아쉬운 마음을 쉬이 달래지 못했다. 처음부터 잘했어야 했는데, 더 잘하고 싶었는데, 더 잘할 수 있었는데. 온갖 아쉬움이 내 방을 꽉 채운 밤이었다.

그럼에도 하나, 후회하지 않는 것이 있다면, 세트장 복도를 달려 감독님께 가서 '한 번 더'를 부탁한 것이다. **나에겐 용기였지만, 누군가에겐 민폐였을지도 모를 그 '한 번 더'.** 하지만 누군가에겐 죄송하게도, 나는 앞으로도 내가 덜 후회하는 선택을 할 것 같다. 물론 처음부터 잘해야겠지만 말이다.

운 좋은 날

: 그거면 됐다

그런 날이 있다. 알람을 끄고 눈 한 번 딱 감았을 뿐인데, 불길한 예감과 함께 눈이 번뜩 뜨이는. 젠장, 지각이다. 그런 날이었다. 고양이 세수를 하고 택시를 잡아 기사님께 "제발 빨리 가 주세요!"를 외치며 정신없이 하루를 열었던 날이었다.

월요일 강남으로 향하는 출근길은 역시 헬이었다. 스케줄이 있는 날 늦잠이라니…. 자책을 하며 움직이지 않는 택시 안에서 액자처럼 고정돼 바뀌지 않는 바깥 풍경만 바라보고 있었다. 그때였다. 끼이익! 소름 돋는 소리와 함께 갑자기 조수석 헤드가 성큼 다가왔다. 미처 피할 새도 없이 조수석 헤드와 기습 키스씬을 찍었다. 아직 사람과도 해본 적 없는 씬(!)이다.

"아이씨."

기사님이 뒷목을 잡고 내리셨다. 택시 앞에 비스듬히 세워진 차의 기사님도 같은 포즈로 내리셨다. 두 분은 별말 없이 사고 현장 사진을 찍고 연락처를 주고받으셨다. 급작스러운 키스씬 후 멍해진 내게 기사님이 다가와 정신을 챙겨 주셨다.

"손님, 죄송한데 다른 차 타셔야겠어요."

"네? 저 지금 여기 어딘지도 모르는데!"

"차가 긁혀서요. 죄송합니다."

그렇게 택시에서 내려 다시 다른 택시를 기다렸다. 덕분에 생애 처음으로 촬영장에 늦게 도착해 버렸다. 필라테스 동작을 시연하는 촬영이었는데, 다른 모델과 순번을 바꿔 촬영할 수 있어 그나마 다행이었다. 현장 사람들은 친절했고 나는 늦은 만큼 더 열심히 동작들을 해냈다. 플랭크, 사이드 플랭크, 다운 독, 업 독, 푸시업.

촬영 중간 잠시 쉬는 시간, 물 한 모금 마시며 휴대폰을 보는데 카톡이 하나 와 있었다. 얼마 전에 소개받고 썸을 타고 있는 남자였다. 톡을 누르는 순간 설레었던 내 입가에 미소는 사라졌다.

- 브런치 플랫폼에서 네 글을 봤다. 미안하지만 이제 연락을 못 할 것 같다.

라는 메시지였다. 어떤 이유인지 묻지 않았다. 내가 말하지 않은 가정환경 때문인지, 우울증 때문인지 뭔지. 그냥 내 날것들을 모두 내보이고 버려진 느낌이었다. 하지만 슬퍼할 시간 따위 없었다. 나는 계속 촬영을 이어 가야 했으니까.

그렇게 몸도 정신도 사나운 촬영을 마치고 집으로 왔다. 그 사람이 보았다는 내 글들을 다시 찬찬히 읽어 봤다. 글을 쓰는 것이, 쓰는 나도 읽는 누군가도 공감과 위로를 받길 원해서였는데 혼자만의 욕심이었나, 라는 생각이 들었다. 또, 있는 그대로의 나를 보이면 사랑받을 수 없는 건가 하는 위험한 마음까지도 들었다. 곧장 그 사람과의 채팅창을 지우고 차단했다. 그 누구도 나라는 존재를 부정하게끔 그냥 두지 않겠다, 라는 마음으로. 그렇기에 나는 쓴다. 지금도 쓰고 있으며 앞으로도 쓸 거다.

쓰면서 다짐한다. **있는 그대로의 모습을 인정해 주는 사람을 상대하며 나 또한 그런 사람이 되자.** 상대의 상처는 보듬어 주고 장점을 찾아 주는 사람이 되자. 내 주변을 그런 사람들로 채우자. 아침부터 좋지 않은 일들이 연달아 일어나 하루 종일 삐걱댔지만 이런 깨달음을 얻다니. 결국은 운 좋은 하루다.

연지 씨를 염두에 두고 시나리오 썼어요
: 칭찬은 고래도 활개 치게 한다

배우 오디션은 보통 이렇게 진행된다. 프로필 심사-오디션 및 실물 미팅-촬영. 대면 오디션이 영상을 보내는 것으로 대체되는 경우도 있고, 오디션 과정이 2차, 3차까지 나누어지는 경우도 있다. 오디션 과정이야 어떻든 '합격'과 '캐스팅'은 기쁜 일이다. 거기에 더 기쁘고 감사한 경우를 말하자면, 작품을 같이 했던 곳에서 또 연락을 주는 일이다. 가을이 끝나갈 무렵, 한 프로덕션 감독님께 전화가 왔다. 드라마 타이즈형 아파트 분양 광고에서 만났던 감독님이다.

"헛, 감독님! 오랜만이에요!"

"네. 연지 씨, 잘 지내셨죠?"

"네, 그럼요!"

"이번에 웹드라마 촬영 건이 있는데, 한 3주 후에 시간 되세요? 저희 작가님이 연지 씨를 염두에 두고 시나리오 쓰셨거든요."

나를 염두에 두고 쓰셨다고?! 마음이 간질간질, 입꼬리가 광대까지 올라가면서 무슨 일이 있어도 하겠다고 했다. 이런 일은 톱스타들에게만 일어나는 줄 알았는데! 어떤 캐릭터와 내용의 시나리오일지 궁금해 메일함의 새로 고침을 몇 번이나 눌렀는지 모른다.

도착한 시나리오를 보고 나는 소음으로 신고 당하지 않을 만큼만 박장대소했다. 작가님이 날 생각하며 쓴 캐릭터는, 아빠에게 기생하며 살다가 재산을 물려받으려 귀농한 철딱서니 없는 애였다. 도대체 날 어떻게 보신 거지 고개를 갸웃하다가 또 그저 웃었나. 대사가 아주 착착 감겼던 걸 보면 아무래도 작가님이 아주 잘 보신 듯하다. 하하!

촬영은 지방에서 진행되었고 나는 약 3일간의 행복한 출장을 위해 캐리어를 끌고 집을 나섰다. 6개월 만에 다시 보는 얼굴들은 반가웠고 또 감사했다. 화기애애한 촬영을 마치고 감독님이 맡았다는 광주 KBC 공익 광고까지 촬영하고 돌아왔다. 서울로 돌아오는 길, 감독님이 지나가듯 내뱉었던 말 한마디가 또 날 배시시 웃게 했다.

"연지 씨, 그동안 현장에서 많이 불러 줬나 봐?"

6개월 전보다 더 성장했다는 감독님의 칭찬은 내 마음속 고래를 활개 치게 했다.

시간이 조금 지난 지금도, 그 촬영을 생각하면 행복하다. 또 그와 같은 일이 있을까 싶을 만큼. 누군가 애초에 나를 생각하며 글을 쓰고, 촬영 준비를 했다는 것. 한 작품이 인연이 되어 다음, 그다음까지 함께할 수 있다는 것. 참 행복하고 감사한 일이다. 이래서 못 그만두지.

무플 속 댓글 테러범
: 사랑하는 나의 엄마

한 연예 기사를 보았다. 어느 걸그룹 멤버가 자신에 대한 수많은 악플을 읽다가 엄마의 '예쁘다'라는 댓글을 발견하곤 펑펑 울었다는 내용이었다. 다른 상황 비슷한 경험이 있다. 다른 상황이라고 하는 이유는, 나는 악플에 시달려 본 적은 없기 때문이다. 내가 주요 역할로 출연한 작품 영상 밑의 황량한 댓글 창을 보고 있노라면 가 보지도 않은 사막 한가운데 홀로 서 있는 듯한 느낌이 든다. 누군가의 반응이나 관심을 받는 것이 연기를 하는 유일한 목표는 아니지만, 무

관심이란 건 관심이 밥인 배우에게 종종 서러운 일이 아닐 수 없다.

하지만 연기 인생 8년 차. 어느덧 무플에 익숙해진 나였다. 그날도 평소처럼 별 기대 없이 내가 메인으로 출연한 웹드라마 밑 댓글 창을 보는데, 아니, 이럴 수가! 댓글 창이 무슨 채팅창처럼 댓글이 주르륵 달려 있었다.

- 이루다 너무 예뻐요.
- 찰떡 연기 자꾸 보고 싶네요.

'이루다'는 작품 속 배역 이름이었는데 이렇게 이름까지 불러 주면서 댓글을 남겨 주시다니! 두근두근 감사한 마음으로 아이디를 보는데 '펭귄○○○'이었다. 엄마다. 엄마가 운영하는 사업장 이름 그대로 가입하시고 그대로 쓰신 거였다. 약간 김새는 느낌도 들면서 웃음도 나고 뭉클해지면서 복합적인 감정이 들었다. 늘 내가 나온 작품을 몇 번이고 돌려 보는 엄마임을 알기에, 순식간에 눈시울이 촉촉해졌다.

촬영이 있냐 없냐 물으며 부담 주지 않고, **연기 인생을 길게 보라며 응원해 주는 나의 찐팬 1호, 우리 엄마! 고마워!**

끝까지 잘해 볼게!

사랑스러운 악동들

: 나의 원동력

나에게는 두 명의 조카가 있다. 형부 닮은 딸 하나, 언니 닮은 아들 하나. 아직 어리고 순수한 이 아이들에게는 가끔 TV에 나오는 내가 좀 신기한 모양이다.

본가에 내려갔는데 워킹맘인 언니가 첫째 조카 픽업을 부탁했다. 나는 촬영이 없을 때는 화장은커녕 씻는 것도 대충 하고 다니기 때문에 이날도 평소의 나처럼 하고 유치원으로 향했다. 아, 그런데 예상하지 못했던 부분이 있었다. 조카가 유치원에 가 친구들과 선생님에게 '연예인 이모'가 있다며 자랑을 한 모양이다. 그것도 모르고 떡진 머리에 운동복을 입고 데리러 가는 바람에 본의 아니게 굴욕을 당했다. 안 꾸미고 갔다고 조카가 날 모른 척한 것이다. 이 녀석…. 아무튼 그 후로 픽업은 안 간다.

아직 어리고 순수한 이 아이들은 악의 없이 가끔 상처를 주기도 한다. 첫째 조카가 유치를 빼야 한다기에 치과에 데려간 적이 있었다. 치과 대기실에 앉아 멍하니 병원 TV를 보는데 케이블 광고에 내가 나왔다.

"어?? 이모다!!!!!!"

크고 낭랑한 목소리로 모두의 이목을 끈 조카는 금세 사라진 TV 속 나를 두고 말했다.

"근데 이모는 왜 맨날 몇 초밖에 안 나와?"

"……."

난 보았다. 순식간에 내 쪽을 흘끔 살피다가 나와 눈이라도 마주칠까 금세 거둬들이는 사람들의 시선을. 난 들었다. 대기실에 있던 사람들이 킙킙거리는 것을. 나는 그냥 조카를 향해 웃어 보이기만 했다. 이 녀석….

그 후, 오랜만에 다시 본가에 갔다. 저녁을 먹기 전 나는 조카들과 함께 TV 앞에 앉았다. 늘 잠깐 나오는 이모를 아쉬워했던 녀석들을 위해 (아니 사실 나를 위해) 내 출연 분량이 많은 OTT 드라마를 보여 줬다.

"올, 이모, 이번엔 좀 많이 나오네?"

스무 살 넘게 차이 나는 어린이들에게 칭찬을 듣는데 꽤나 뿌듯했다. 8부작 웹드라마를 리모컨으로 내가 나온 부분만 열심히 돌렸다. 엔딩 크레디트가 올라갈 즈음 둘째 조카가 말한다.

"근데 이모, 이렇게 TV에 나와도 길에서 누가 못 알아볼 것 같아."

"후…."

이 아직 어리고 순수한 조카는 나쁜 의도로 한 말이 아니다. 그냥 그런 생각이 들었을 뿐인 것이고 그것을 입 밖으로 뱉은 것뿐이다. 조금 더 눈치가 있는 첫째 조카가 말한다.

"다음엔 이모가 주인공 했으면 좋겠어."

나도 그래, 라는 말은 그냥 속으로만 해 봤다. 자랑스러운 딸, 동생이 되고 싶었던 나에게 또 하나의 욕심이 생겼다. 바로 자랑스러운 이모. 이젠 이미 이모가 사실 그리 대단한 사람이 아닌 것을 아는 듯하지만, TV나 스크린 속 연기하는 이모가 자연스럽게 느껴지도록 더 많이, 자주 연기하고 싶다. 허세 부리는 것 좋아하는 이 아이들에게 자랑거리가 되고 싶다.

기다리는 삶을 반복하겠지
: 나의 타이밍

나는 아무리 맛집이라 해도 웨이팅이 있으면 등을 돌린다. 기다리는 것은 너무 지루하기 때문이다. 하지만 '연기'라는 일은 기다리는 일의 반복이다. 그러므로 기다림에 익숙해져야 한다. 드라마 캐스팅 연락을 받으면, 촬영 전날 밤까지 기다렸다가 콜타임과 장소를 체크하고서야 잠자리에 든다. 촬영 현장에 가면 또 대기라는 것이 날 기다린다. 한 씬을 찍기 위해 15시간 동안 대기해 본 적도 있다. 한 씬 한 번 만나기 엄청 힘들다. 아, 이렇게 보니 씬과 나, 우리는 서로를 기다리는 입장이구나. 물론, '씬'이 나를 더 많이 기다렸으면 좋겠다.

성격이 급한 나는 처음에 이 기다림이 참 힘들었다. 하지만 이제는 기다림이 마냥 힘들지만은 않다. 기다리다 보면 평소에는 있는지도 몰랐던 작은 것에 눈길이 간다. 기억이 잘 나지 않아서 그렇지 아마 대부분 경험을 해본 적이 있을 거다. 예를 들면, 휴대폰을 깜빡한 채 화장실에 들어가 변기에 앉아 있을 때, 뭔가 허전하고 심심해서 여기저기 훑어보다가 샴푸 통에 깨알같이 적혀 있는 글자를 그냥 읽어 본 적이 있을 거다. 평소라면 눈길도 주지 않았을 그 작은 글씨들을 효능부터 제조 일자까지 쭉 읽는다. 그것도 다 읽으면 린스, 그리고 바디워시. 이렇게 기다림은 평소라면 관심도 주지 않았을 것들에 눈길을 주게 한다.

연기를 하기 위해서는 캐스팅이 돼야 한다. 나의 기다림은 오디션 공고가 언제 뜨나에서부터 시작한다. 공고가 뜨면 오디션에 지원 메일을 보내고 또 기다린다. 대부분의 오디션이 떨어진 사람들에게는 연락을 잘 주지 않는다. 그럼에도 마음 한편에선 어떤 식으로든 연락을 해 주기를 기다린다. 나는 이 기다림의 시간을 쓸데없는 걱정과 고민으로 땅 파고 들어가는 데 쓰는 경우가 많았다. 하지만 그건 결코 나에게 좋은 시간은 아니었다. 그래서 이 길고 긴 기다림의 시간을 더 잘 써야겠다는 생각을 했다. 주의를 돌려 오디션 결과는 잠시나마 까먹을 수 있는 일. 책을 읽거나 글을 쓰는 것이 샴푸 통에 적힌 설명을 읽는 것보다 훨씬 재밌었다. 그래서 책을 읽기 시작했다. 확실히 기다림이 더 즐거워졌다.

현장에서는 진행 상황을 대략 파악하고 대기실에서 대본을 더 볼지 촬영장에 나가 현장 상황을 더 볼지 결정한다. 정말 오랫동안 기다려야 하는 상황이 아니라면 현장 주변을 서성이며 다른 배우들이 연기하는 것을 보는 편이다. 그래야 내가 투입되었을 때, 그 배우와 합이 잘 맞을 것 같기 때문이다. 경험을 통해 쌓인 나름의 노하우다. 촬영이라는 것이 어느 정도 예상 시간을 정해 놓지만 역시 사람이 하는 일이기에, 어떻게 될지 모르는 것이 대부분이다. 그래서 촬영이 있는 날은 모든 일정을 빼놓는 편이다. 그리고 편한 옷과 신발, 충전기는 필수! 대기실을 내 방처럼 느끼며 편안하게 있어야 한다. 그래야 적당히 긴장이 풀린 상태에서 카메라 앞에 설 수 있다.

이렇게 촬영이 끝나고 나면 또 한 번 기다림의 시간이 온다. 바로, 언제 개봉하는가! 언제 방송되는가! 내 연기가 어떻게 나올까 (했던 만큼 나오겠지만) 결과물이 너무나 궁금해진다.

이렇게 내 삶은 기다림의 연속과 반복이다. 지루하기만 한 기다림이 되지 않게, 지치지 않게, 희망을 품은 기다림, 설렘 속의 기다림, 행복한 기다림. 지금도, 앞으로도 계속 나를 찾아올 이 기다림을 현명하고 행복하게 보내고 싶다. 그러다 보면, 적절한 시기에 나에게 적절한 것들이 주어지겠지.

배우니까 배우다

: 언제 써먹을지는 몰라도

어렸을 때부터 그랬다. 똥인지 된장인지 찍어 먹… 진 않아도 냄새까진 맡아 봐야 성이 찼다. 돌다리를 두들겨 보며 가기는커녕 첨벙첨벙 빠져 가며 뛰어다녔다. '그냥 하면 되지', '되면 좋고 안 돼도 경험'이라는 말을 써 가며 늘 몸으로 부딪쳤다. 주변 사람들은 이런 나의 성격에 대해 추진력이라고 쓰고, 막무가내라 읽었다.

늦은 시각 한 에이전시에서 연락이 왔다. 골프 관련 촬영이 있는데 스윙을 할 줄 아냐며, 할 줄 안다면 캐스팅 후보에 올리겠다고. 순간 거짓말을 했다. 할 줄 안다고. 전화를 끊자마자 바로 초록창에 골프 레슨을 검색하기 시작했다. 예상 촬영 날짜까지 약 10일이 남은 상황. 일반적으로 골프 레슨은 1회에 15~20분을 알려 주는 곳이 대부분이었다. 그 정도로는 10일 만에 해내지 못할 것 같았다. 그래서 골프 스쿨이라는 곳을 찾았다. 50분 수업 후 1시간 연습할 시간을 준다는 곳이었다. 당장 다음 날 방문해 프로님께 애걸복걸했다. 일주일 안에 스윙 폼이 나와야 한다고. 프로님은 곤란한 표정으로 말씀하셨다.

"저는 마술사가 아니에요."

하지만 하루 2시간씩 배우고 연습한다면 못 할 거 있나 싶은 자만심은 사그라들지 않았다. 골프채 잡는 법도, 그냥 아무것도 모르는 채로 일단 시작했다. 매일 두 시간가량 배우고 집에서는 유튜브로 용어와 다른 사람들이 스윙하는 자세를 탐구(?)했다. 자세를 잡느라 허리는 계속 아파 왔지만 멈출 수가 없었다. 그냥 미친 듯이 했다. 마치 골프 선수 역할을 맡은 것마냥. 간절함 덕분인지 헛스윙하며 공 근처도 닿지 못했던 골프채는 점점 타점을 찾아가더니 공을 쳐내기 시작했다. 골프채가 때린 공은 맑고 경쾌한 소리를 내며 날아갔고 그때만큼은 허리 통증이 싹 씻겨 나갔다.

그렇게 10일 중 7일이 지났다. 나는 느끼고 있었다. 최종 캐스팅에서 떨어졌다는 사실을. 연락이 없으면 암묵적으로 떨어진 것이다. 그럼에도 남은 3일을 꽉꽉 채웠다. 또 언제 골프 관련 촬영으로 연락이 올지 모르니까. 배우에게 헛된 경험, 필요 없는 재주는 없다 여기며 오늘도 자세를 잡아 본다. 아이코, 허리야. **배우는 늘 배워야 해서 배우인가 보다.**

가끔은 다 잘될 거라는 말보다
: 힘이 되는 한마디

"20대 초반처럼 전지현, 송혜교 막 이런 라이징 스타를 꿈꾸는 건 아니죠?"

"나이 대비 임팩트 및 활용성, 상업성 등에서 준비가 미약합니다."

"저희가 찾는 이미지와는 달라서…."

"언제까지 연기를 하실지 모르겠지만…."

요 근래 모두 다른 장소에서, 다른 사람에게 들었던 말이다. 가슴을 콕콕 찌르는 말들을 연이어 듣다 보니 자신감도 자존감도 많이 내려가 버렸다. 멍하니 버스를 타고 집으로 돌아가는 길, 엄마에게 전화가 왔다.

"어, 엄마."

"어디 아파?"

엄마가 귀신인 건지 가라앉은 목소리조차 숨길 수 없는 내가 진정한 배우가 못 되는 건지.

"아니, 그냥 버스 안이라…."

"어디 갔다 왔어?"

"미팅 갔다가…."

"거기서 뭐라고 했어?"

"아니 그냥, 내가 상품으로서 가치가 부족한가 봐."

평소라면 전하지 않았을 말을 구역질하듯 뱉어 본다.

"나 참, 거기서 그래? 그 한 사람 말이 다 맞는 것도 아니고, 아니면 너 그냥 광주 내려와. 할 거 얼마나 많은데. 엄마랑 같이 여행이나 다니자."

늘 무한 긍정의 정신으로 최선을 다하라고 말했던 엄마가 다른 느낌으로 위로를 하니 갑자기 눈물이 왈칵 쏟아졌다. 입술을 꾹 깨물고 이번엔 숨소리조차 참아 본다. 그렇게 버스 안에서 숨죽여 울었다.

"다 잘될 거야, 힘내, 파이팅!"

가끔은 이런 말보다,

"까짓 거 안 되면 어때, 괜찮아!"

라는 말이 더 위로가 될 때가 있다.

"난 또 누구 죽은 줄 알았네. 얼른 들어가서 밥 먹어!"

엄마의 말에 피식 웃음을 흘리고 전화를 끊었다. 그래, 이까짓 일이 뭐라고. 개운해진 눈가와 함께 씻겨 내려간 마음이 한결 편안해졌다.

◀◀ ▌▌ ▶▶ ▶

과정 속의 내가 과정 속의 그대들에게

꽤나 긴 여행을 마치고 집에 돌아온 기분입니다. 글을 쓰며 20대 초반의 나로 돌아가 보기도 하고 현재의 나를 멀리서 바라보기도 했습니다. 저는 아직도 무명의 배우이고, 우울증 약을 먹고 있으며, 오디션 당락에 따라 일희일비하는 과정 속에 있습니다. 내 인생이 해피엔딩인지 새드엔딩인지 모를 아직 '과정' 속을 지나고 있는 내가 그대들과 나누고 싶은 말이 있었습니다.

나도 그럴 테니, 그대들도 꿋꿋이 하고 싶은 일을 했으면 좋겠습니다.

나 역시 그럴 테니, 그대들도 남들의 말에 본인의 미래를 속단하지 않길 바랍니다.

나도 그대들도 후회 없이, 미련 없이 살아 봤으면 좋겠습니다.

그러면 나와 그대들, 우리가 언젠가 서로에게 '잘 버텼다!'라며 환하게 웃는 날이 올 것이라 믿습니다. 그대들이 지나고 있는 모든 과정을 온 마음을 다해 응원하겠습니다.

여기까지 함께해 주셔서 정말 감사합니다. 응원해 주신 모든 분들을 기억하며 하루하루 의미 있게 살아가겠습니다.

배우의 목소리

2022년 8월 24일 초판 1쇄 발행

지은이 연지
발행인 정가영
책임편집 이명은
디자인 지민채

펴낸곳 마누스
FAX 0504-064-7414
이메일 manus2020@naver.com
블로그 blog.naver.com/manus2020
인스타그램 @manus_book

ISBN 979-11-971579-7-4 (03810)